IVAN IVANJI

DER ALTE JUDE UND DAS MEER

Gedruckt mit freundlicher Unterstützung von Stadt Wien Kultur.

Product footprint
CO_2 Neutral
PBN-CFMCP-015258
www.preferredbynature.org

FSC
www.fsc.org
MIX
Papier aus verantwortungsvollen Quellen
FSC® C014138

Grafische Gestaltung: Dorothea Löcker, Wien
Umschlagabbildung:
© José Antonio Martínez Dona/Arcangel Images
Druck und Verarbeitung:
FINIDR, s.r.o., Český Těšín
ISBN 978-3-7117-2139-6

Informationen über das aktuelle Programm
des Picus Verlags und Veranstaltungen unter
www.picus.at

IVAN IVANJI

DER ALTE JUDE UND DAS MEER

ROMAN

PICUS VERLAG WIEN

Das Meer ist wunderbares, ewiges Geheimnis für einen Menschen wie mich, der aus der Tiefebene stammt, in dessen Heimat sich Kukuruzfelder, Weizen im Wind und dazwischen die roten Tupfen der Mohnblumen ausbreiten. Freilich ist diese Unendlichkeit von Ort zu Ort oder je nach dem Gesichtspunkt des Beobachters grundverschieden. Die Adria ist für mich Zypresse und Ölbaum, die Ostsee Aal und Bernstein, das Rote Meer Palme und Sand, der Atlantik in Kuba Rum und Zigarren, der Pazifik in Kalifornien gefährliche Brandung. Den Begriff *Meer* gebrauche ich eigentlich nur, wenn sich meinem Blick keine Inseln in den Weg stellen, um die horizontlose Ewigkeit bewundern, fast möchte ich sagen anbeten zu können.

»Das Meer erglänzte weit hinaus ...«, beschrieb Heine das Phänomen. Ich unterrichte Literatur, ich darf zitieren.

Versteht nicht ohnehin jeder jedes Wort anders? Wir glauben, miteinander zu kommunizieren, und reden doch nur gutherzig oder böse aneinander vorbei. Sprachwissenschaft ist meine Profession, ich müsste es wissen, es erforschen, forsch auf das Problem zugehen, aber ich war nur ein kleiner Schulmeister in einem langweiligen Gymnasium.

Wozu erleben, wenn man es nicht auch beschreibt? Und in welcher Sprache soll ich es tun? Und wie, bitte? Im Präsens, im Präteritum oder im Perfekt? Als Icherzähler oder als handelte es sich um einen Dritten? Sollte ich überhaupt Held meines Schreibens sein? Ich, ein Held? Immerhin hoffentlich kein Feigling – aber kann ich das beurteilen? Mir selbst über die

Schultern schauen? Schwierig, aber wieso nicht? Und warum überhaupt schreiben? Für wen? Fragen über Fragen, also heißt es wohl Antworten suchen, auch wenn es keine Garantie gibt, dass ich sie finden werde.

Fragen stellen ist immer sinnvoll. Antworten werden zum Roman, zu einem Buch. Wenn es gut geht.

Seit wann hege ich Suizidgedanken? Unbewusst seit dem KZ, wie Primo Levi oder Jorge Semprún? Schwamm drüber, über die Zeit des Bösen werde ich nichts schreiben, niemandem mehr davon erzählen, genug des grausamen Spiels. Vergessen kann ich nicht, aber immerhin so tun, als ob ich diesen Teil meines Gedächtnisses verloren hätte. Verdrängt? Ob mir das gelingen könnte? Unzufrieden mit der Welt wie Tucholsky und Stefan Zweig? Keine schlechten Vorbilder, aber nein, schon in frühester Kindheit hat es in mir gesteckt, als ich noch keine Ahnung von ihnen und ihresgleichen hatte. Wieso nenne ich sie Vorbilder? So sehr Angst zu haben vor dem Tod, dass man sterben will? Ich glaube, ungefähr im Alter von vier Jahren habe ich geheult, weil ich begriffen hatte, dass ich einst sterben würde. Da hatten wir noch keine Ahnung, dass die Zeit des Bösen bereits drohte, nein, es war, als ich erfahren habe, dass jeder Mensch stirbt. Später geschah der durchaus sinnvolle Selbstmord meiner Großeltern, da war ich gerade vierzehn. Also, wie gesagt: Kein Wort mehr über die Herrschaft des Bösen, aber erlebt habe ich sie am eigenen Leib. Die Todeskrankheit, Jude zu sein.

Den Tod besiegen kann man nur durch Selbstmord. Er ist groß, dichtet Rilke. Der Tod, nicht der Mord. Wenn wir uns umgebracht haben, kann er uns nichts mehr anhaben, der Tod. Als Kind hätte ich das natürlich nicht so ausdrücken können, aber wenn ich heute darüber nachdenke, dann ist es ganz genau das, was ich gefühlt habe, was in mir steckte.

Im für weise Juden heiligen Gesetzbuch, dem Talmud, steht Lobendes über die Selbsttötung, obwohl diese Art, sich vom Leben zu verabschieden, verpönt ist. Ein Widerspruch. Nicht die einzige Unvereinbarkeit im Judentum, aber darüber weiß ich zu wenig.

Mitte der fünfziger Jahre ist mir am Sandstrand, vor mir die wunderschöne, zwischen Felsen eingezwängte Adriabucht, die Kraljičina Plaža – der Strand der Königin –, zum ersten Mal eingefallen, ich könnte, sollte, müsste so weit ins Blaue hinausschwimmen, dass ich keine Kraft mehr hätte, umzukehren, selbst wenn ich es wollen würde. Von dieser Idee komme ich nicht los. Ich habe sie schon literarisch missbraucht. Das Meer, das große Geheimnis der Ewigkeit, das es zu ergründen gilt, selbst wenn man es mit seinem Leben bezahlen muss? Was ist teurer als die Ewigkeit? Das Nichts vielleicht? Soll ich versuchen, den Buddhismus zu begreifen? Hat Prinz Siddharta Gautama etwas dazu gesagt? Nur ein Zitat habe ich gefunden: »Das Meer Buddha hat keine Küste.« Von sich selbst hat er behauptet, er sei Buddha, also mitsamt seinem Bauch auch das Meer. André Gide sagt: »Man entdeckt keine neuen Erdteile, ohne den Mut zu haben, alte Küsten aus den Augen zu verlieren.« Das mache ich mir zu eigen. Alte Küsten aus den Augen verlieren, ist es das, was ich will?

Schon als Kind war ich kein schlechter Schwimmer, obwohl ich keinen Stil richtig beherrschte. Ich schwamm wie ein Hund, aber ziemlich schnell und ausdauernd. Dabei ist es geblieben. Ich will mit meiner Schwimmkunst niemandem imponieren. Ich schwimme gemächlich, aber stundenlang. Ohne zu ermüden. Auf und ab. Mitunter mich auf den Rücken drehend, nicht, weil ich mich ausruhen müsste, sondern um eine andere

Haltung einzunehmen. In den Himmel zu schauen. Die Wolken sind immer interessant. Verspielt die weißen, drohend und angsteinflößend, wenn sie immer dunkler werden. Angst ist eine Abwechslung, irgendwie sogar eine angenehme. Schwarze Widder mit krummen Hörnern wie der Gottseibeiuns statt weißer Schäfchen. Ich kann sogar einnicken, eine Handvoll Schlaf genießen, von leichten Wellen eingeschläfert im Meer liegend träumen. Ich habe genug Fett angesetzt, dass ich nicht untergehe. Ich kann es nicht, es gelingt mir nicht. Tauchen kann ich nur mit Mühe, ich muss sozusagen Gewalt anwenden, um die Meeresoberfläche zu verlassen. Immer nur kurz, dann drückt es mich hinauf. Ich bleibe oben.

Eine Kopfbedeckung brauche ich nicht. Es macht mir nichts aus, wenn die Sonne auf meinen Schädel brennt, so wie ich im Herbst und im Winter in Belgrad barhäuptig durch Regenguss und Schneewehen spaziere. Mitunter schwere Erkältungen nehme ich in Kauf. Sie gehören zum Leben. Genauso wie Aspirin-Tabletten. Die helfen bei jeder Gelegenheit.

So erinnere ich mich. Aber stimmt das alles, oder mache ich mir etwas vor? Etwas hat sich jedenfalls verändert, jetzt trage ich Schildmützen. Hüte mag ich nicht, ich besitze zwar einen teuren Stetson, den ich in Wien auf der Kärntner Straße gekauft habe, aber er wartet auf feierliche Gelegenheiten. Das Altern kann niemand aufhalten. Mit der Art der Kopfbedeckung sicher nicht. Was für eine dumme Feststellung – aber sie möge da bleiben, als Abbild meiner Person, die so etwas von sich gibt.

Es gibt viele Leute, die behaupten, sich an Einzelheiten aus ihrer frühesten Kindheit zu erinnern. Ich nicht. Ich glaube ihnen nicht so recht. Vielleicht vermischen sie, was man ihnen erzählt hat, mit dem, was tatsächlich in ihrem Gedächtnis hängen geblieben ist. Bei mir gehen nur Erinnerungsfetzen durcheinander. Zum Beispiel weiß ich, dass ich sehr früh mit bunten Glasmurmeln gespielt habe, wie alle meine Altersgenossen, aber an keinen einzigen Spielkameraden kann ich mich erinnern, weder an ihre Namen, noch wie sie ausgesehen haben. An die Form, Farben, Größe der kleinen Glaskugeln aber ziemlich genau.

Auch was die Schule angeht … Ich weiß, wo mein Klassenzimmer war, ich war ein guter Schüler, schreiben und lesen habe ich zu Hause gelernt, bevor ich eingeschult wurde. Die Schulbücher habe ich jedes Jahr sofort bis zur letzten Seite gelesen, aus purer Neugier, nur um zu erfahren, was auf mich zukommt. Und ich habe mir fast alles gleich gemerkt. Keine Ahnung jedoch, in welcher Bank ich saß, wer neben mir, keine Namen sind in meinem Gedächtnis geblieben. Von der Lehrerin in den beiden ersten Klassen weiß ich sogar, wo sie gewohnt hat, in einem Haus hinter der Post, für meine damaligen Begriffe ziemlich ärmlich, was mich gewundert hat. Dass der Lehrer in der dritten und vierten Klasse, ein Montenegriner mit dichtem Schnurrbart, seine beiden Söhne geprügelt hat, weil Lehrkräften solche Züchtigung der Schulkinder verboten war, Eltern jedoch nicht, das weiß ich. Aber wie haben die übrigen Mitschüler geheißen? Mich hat er nie geschlagen, der Herr Lehrer, daran könnte ich mich sicher erinnern. Auch von meinen Eltern wurde ich nie verprügelt. Das blieb der SS in einem späteren Abschnitt meines Lebens vorbehalten, aber darüber will ich ja nicht schreiben. Zumindest habe ich es mir vorgenommen.

Dann kamen die Schulen, in denen ich nicht mehr gelernt, sondern unterrichtet habe. Halt, nein. Gelernt habe ich auch weiterhin, wenn auch andersherum. Ich las zum Beispiel die Klassiker wieder und habe sie anders verstanden als zuvor.
Ich weiß nicht einmal mehr, wann ich erfahren habe, dass ich

Jude bin und dass es nicht vorteilhaft ist, einer zu sein. In meiner Geburtsstadt gab es Serben, Ungarn, Deutsche, Slowaken, Ruthenen, Roma – und Juden auch. Na und? Für mich bildeten wir alle zusammen eine Masse, ich unterschied in dieser Hinsicht keine Individuen. Dass wir eine Generation waren, ich und meine Freunde, das wusste ich so nicht, kannte die Wörter Generation, Masse und Individuum nicht. Noch nicht. Noch ziemlich lange nicht. Dass jeder von uns mindestens drei Sprachen beherrschte, war selbstverständlich. Keine Ahnung hatte ich, dass es anderswo nicht so war.

Gläubig waren wir nicht. Religion mussten wir in der Schule lernen, viele wurden von ihren Eltern angehalten, sonntags in ihre Kirchen zu gehen. Aber der relativ junge Rabbi, mit dem meine Eltern privat verkehrten, hat es nicht so genau genommen und im Religionsunterricht nicht darauf bestanden, dass wir samstags in die Synagoge kamen, nicht gefragt, ob wir zu Hause koscher essen. Das galt natürlich nur für meine Familie, unsere Umgebung. Gläubige Juden in typischem Gewand habe ich als Kind nie gesehen, sie wären mir auf den Straßen bestimmt aufgefallen.

Was das Judesein angeht, fällt mir eine blau-weiße Blechsparbüchse ein, in die man Kleingeld werfen sollte für etwas, das man Palästina nannte. Vielleicht ist in Zusammenhang mit der Büchse auch das Wort Zionismus gefallen. Ich habe nicht gefragt, was das ist. Wann habe ich den Sinn dieser Bewegung begriffen? Eigentlich nie, noch immer weiß ich nicht so richtig, was das sollte. Und soll. Geld sammeln war nichts Besonderes, man sammelte mit ähnlichen Büchsen für Verschiedenes, sicher auch für das Rote Kreuz. Ich weiß freilich, dass ich erklärt habe, von meinem Taschengeld würde ich nie spenden. War ich schon als Kind geizig? Bin ich es heute? Oder nur sparsam, auch ohne kleine Sparbüchse? Jemand hat mir eine

Münze gegeben, damit ich sie in das blau-weiße Ding fallen lasse. Wahrscheinlich mein Großvater. Der war spendabel, wie es sich für Opas schickt.

Opapa sprach als Arzt nicht nur Latein, sondern auch Altgriechisch. Sogar ein wenig Hebräisch. Religiös war er auch nicht, aber die Segenssprüche hat er manchmal wie Sprichwörter in den einen oder anderen Satz eingeschoben »Baruch Ata Adonai Eloheinu …«, so wie die Christen oft »Ach mein Gott« sagen, ohne den Herrn wirklich zu meinen.

Hat er mir »Tewje, der Milchmann« von Scholem Alejchem zu lesen gegeben? Natürlich ins Deutsche übersetzt, dass Jiddisch existiert, habe ich als Kind nicht einmal gewusst.

Gut erinnern kann ich mich an die schwarze Beflaggung der Stadt, als König Alexander am 9. Oktober 1934 in Marseille ermordet wurde. Da war ich gerade sieben Jahre alt. Die erste politische Erinnerung. Besonders aufgeregt haben sich meine Eltern nicht, ich also auch nicht. Es war allerdings ein interessantes Ereignis. »Interessant« habe ich Verschiedenes genannt, Wichtiges und Unwichtiges, Positives und Vernichtendes. Für dieses Wort habe ich an die zwanzig Synonyme gefunden, aber keines umgreift alles, was ich meine.

Das alles war, bevor das Böse, über das ich hier zu schweigen gedenke, Jugoslawien überfiel. Wir gehörten zum wohlhabenden Bürgertum in der Kleinstadt. Woran soll ich mich erinnern können? Es schien ja trotz Königsmordes und kommunistischer Aufstände und Streiks nach Weltkrieg Nummer eins eine friedliche Zeit angebrochen zu sein. Nach dem großen Kriegsgemetzel würde es niemand mehr wagen, so ein Blutbad anzuzetteln. Dachte man und irrte sich. Erst recht nicht erinnern kann ich mich, wann, wo und von wem ich zum ersten Mal die Namen Hitler und Mussolini gehört habe, Daladier,

Chamberlain oder Stalin. Unwichtige Leute für mich als Kind. Dafür kannte ich die Bilder des neuen jungen Königs Peter II., seine Fotos waren in allen Schulbüchern abgedruckt und hingen in goldenem Rahmen im Schulzimmer. Und als der Ministerpräsident Stojadinović geruhte, die Stadt zu besuchen, musste ich mit den anderen Schulkindern auf der Straße mit Fähnchen winken.

Trotzig war ich immer schon. Die Schulkameraden waren Fans entweder des Fußballklubs »Jugoslavija« oder von »BSK«, beide aus Belgrad. Um mich aus dem allwöchentlichen Streit ironisch heraushalten zu können, tat ich, als wäre ich für den Klub »Gradjanski« aus Zagreb. Sein Torhüter hieß Glaser. Andere berühmte Namen von Fußballern aus meiner Kinderzeit habe ich nicht behalten, auch nicht darüber nachgedacht, was die Namen der Klubs bedeuteten und symbolisierten. »Jugoslavija« – klar: Gemeinsamkeit der Völker, die das Königreich bildeten. »BSK«, eigentlich »Beogradski Sport Klub«, Belgrader Sportklub, betonte das Serbentum, um sich von dem Völkergewimmel abzuheben. »Gradjanski« bedeutet bürgerlich, also wohl gutbürgerlich. Spießig? Ein Klub der Bourgeoisie? Stand ich, der spätere glühende Jungkommunist, damals unbewusst ganz rechts? Oder eben nur unentschieden, was die Nationalität angeht? Quatsch. Was wussten wir Kinder schon? Hatten uns unsere Eltern etwas eingeflößt? Unabsichtlich? Woran man sich doch alles erinnert oder was man vergessen hat! Hilfe, Professor Freud, was schlich da aus dem Unbewussten?

Noch wichtiger war mein Kampf mit der Angst, um mit den Bengeln um mich herum mithalten zu können. Ich wollte sein wie der erste Tarzan, den Johnny Weissmüller spielte. Der Satz »Ich Tarzan, du Jane« war in aller Munde, mich aber betörte vor allem sein Schrei, wenn er sich von Ast zu Ast schwang.

Den versuchte ich in den Turnstunden nachzuahmen. Genau erinnere ich mich an seinen Rat, immer dann aufzuhören zu essen, wenn es einem am besten schmecke, so behielte man seine Form und Kraft. Daran denke ich immer noch, wenn ich gut esse, ich esse jedoch weiter. Um meinen Mut zu beweisen, musste ich auf einen Baum klettern. Über Dschungel verfügten wir nicht, nur über relativ armselige Baumbestände in den Grünanlagen. Meine Angst zu besiegen und doch hinaufzuklettern, um Tarzan zu sein, Herr des Urwalds mit unartikuliertem Ruf! Es war einer meiner ersten Siege.

Tennis wurde in meiner Heimatstadt gespielt, das war ein Zeichen, dass man zur Elite gehörte. Auf demselben Platz konnte man im Winter Schlittschuh laufen. Da wollte ich mich einmal hervortun und fiel beim Kadettsprung auf die Nase. Somit hatte ich genug von diesem Sport. In der großen Tenniswelt mischte Jugoslawien schon damals mit, die zwei berühmtesten Spieler hießen Franjo Punčec, der 1939 in der Weltrangliste den vierten Platz einnahm, und Josip Palada, der in Roland Garros 1938 das Halbfinale erreichte. Übrigens beide aus Zagreb.

In der Schule waren andere Namen zu büffeln. Wie ich damals meine Lehrer hasste! Die vielen serbischen Könige des Mittelalters und die Heiligen, was einige der Herrscher sozusagen im Nebenberuf geworden sind. Wie komisch mir zumute ist, wenn ich mich heute daran erinnere, obwohl ich das Lehramt aufgegeben habe, aber doch jahrzehntelang begeisterte Gymnasialprofessor gewesen bin. Wenn man so ein Wort wie begeistert analysiert … Worte zu untersuchen, sozusagen zu begutachten, ist ja Teil meines Berufs. Pardon, er war es. Von Geistern befallen, also nicht bei Trost? Bin ich so ein verrückter Schulmeister, in der Schülersprache ein verdammter Pauker? So straft einen das Leben. Ziemlich lange habe ich es gerne getan, mich um meine Schüler gekümmert, erst nach

Jahrzehnten begann es mich zu langweilen. Das Altern habe ich schon erwähnt, es wird damit zu tun gehabt haben. In jungen Jahren lebt man mit jeder Menge Adrenalin, ist voller Begeisterung für vieles, verbraucht sie jedoch nach und nach, und früher oder später ist einfach keine mehr da. Bei mir ist bloß Schwimmen die große Ausnahme.

Als Kind habe ich ein Ruderboot bekommen und den kleinen Fluss meiner Heimatstadt, aber auch den See Kozjak im kroatischen Gebirgsland, den See von Bled in Slowenien und den Wörthersee in Österreich erforscht. Gerne ruderte ich später auf den großen Flüssen, die Belgrad umgeben, auch auf dem See Kozjak im kroatischen Gebirgsland, dem See von Bled in Slowenien, auf dem Wörthersee in Österreich. Es hat mich dabei nicht gestört, dass ich durch Holzplanken oder Plastik von diesem Gewässer getrennt war. Im Meer ging das jedoch nicht. So nicht. Hier duldete ich kein Holz, schon gar kein Plastik zwischen mir und dem Wasser. Das fand ich unnatürlich. Andere mögen es halten, wie es ihnen beliebt. Der Mensch kann schwimmen. Nicht wie ein Fisch, aber immerhin. Dampfschiffe? Panzerkreuzer? U-Boote? Meinetwegen. Ich aber wollte und will körperlich im Wasser sein. Mit dem ganzen Körper, sozusagen mit Leib und auch der Seele. Auf dem Meer habe ich nie ein Ruderboot bestiegen. Segeln ist etwas anderes, da spielt der Wind mit. Aber für mich ist das auch nichts.

Mein Heimatfluss, die Bega, war jedes Jahr Ende November, spätestens Anfang Dezember zugefroren. So wie am Nordpol, wo Eisschollen herumtreiben, sogar Eisberge.

Das Mittelmeer jedoch, vor allem meine Adria, ist und bleibt garantiert eisfrei und für einen wie mich auch im Winter selten zu kalt, um darin zu schwimmen. Man kann natürlich auch in der kalten Jahreszeit einige Monate lang Pause machen, das ist nie falsch, danach freut man sich umso mehr, wenn es wieder losgeht. In Pools gehe ich nicht, und wenn sie noch so groß sind. Dort kann man vielleicht baden, schwimmen, wie ich es gerne habe, jedoch nicht.

Der Gymnasialdirektor war mit seinem neuen jungen Mitarbeiter, mit Herrn Aaron Kukanić, sehr zufrieden, der sofort nach dem Abschluss seines Studiums zugeteilt worden war. Er war gerade siebenundzwanzig Jahre alt, hatte also schon etwas Lebenserfahrung, aber noch jugendliches Feuer für den Beruf. Berufung sollte ein Lehramt sein, nicht nur eine Profession wie alle anderen. Mit sich selbst war der Direktor jedoch nur halbwegs zufrieden. Er trug auch weiterhin eine Weste, eine goldene Taschenuhr in der Westentasche und eine goldumrandete Brille, obwohl das im sozialistischen Zeitalter auffallend war, irgendwie rückständig wirkte, um nicht zu sagen reaktionär. Während der Besatzungszeit zwischen 1941 und 1944 hatte er still und zurückgezogen gelebt, so still wie möglich, aber an der Schule musste er sich natürlich an die aktuellen Vorschriften halten, nicht wahr? Deshalb hatte er Angst, als die Befreiung Belgrads nahte. Er freute sich, weil man die Deutschen endlich loswerden würde, hatte aber Angst vor diesen Kommunisten, denn einige seiner Freunde waren der Hitler-hörigen Nedić-Regierung nahegestanden, das würde man auch ihm ankreiden können. Er hatte jedoch Glück. Glück, oder war er einfach immer gescheit genug gewesen, Freunde in allen möglichen Kreisen zu haben? Einer kam als Partisanenmajor zurück und suchte ihn gleich auf:

»Du warst nicht vorsichtig genug, hättest dich ruhig in irgendein Dorf zurückziehen können. Was musstest du mit den Faschisten mitmachen, das war blöd, ich weiß doch, dass du eigentlich ein anständiger Mensch bist …«

»Nein, mitgemacht habe ich nicht, ich bin nur meiner Arbeit nachgegangen, wie jeder Friseur oder Straßenkehrer …«

»Du bist aber kein Straßenkehrer, sondern ein Erzieher der Jugend. Also wir machen das so: Ich lasse mich bei dir einquartieren, du mit deiner Familie musst halt ein wenig zusammenrücken und stillhalten. Und in einigen Monaten empfehle ich, dass du in die Partei aufgenommen wirst …«

»In die kommunistische?«

»Du willst doch im Dienst bleiben, oder?«

Er gab nach: »Wenn du es sagst … Was bist du eigentlich, Major? Was bedeuten deine blauen Schulterstücke?«

»Dass ich in der OZNA bin! Im Geheimdienst. Sonst wüsste ich ja nicht so viel über dich, und deshalb kann ich dich beschützen«, lachte der Genosse Major, der bald Oberst wurde, eine eigene Wohnung bekam und dafür sorgte, dass man seinen Freund zum Direktor des Gymnasiums ernannte.

Der Herr, Pardon, der Genosse Direktor hatte nun ebenfalls einen Menschen unter sich, dem er helfen wollte. Einen etwas verrückten Mann, dem Schwimmen wichtiger schien als sein Fach. Er hatte gleich einen Schwimmklub für seine Schüler gegründet, das Training freilich dem Sportlehrer überlassen, weil er keine Schwimmbecken benützen wollte, sondern selbst bei ziemlich kühlem Wetter in die Save und sogar die Donau stieg, die er mehrfach von einem Ufer zum anderen und wieder zurück überquerte, was bei den starken Strömungen nicht einfach war.

Die Schüler mochten ihn, die Eltern der Schüler lobten ihn sehr. Wenn er ein Buch empfahl, lasen es die Kinder, selbst wenn sie sonst höchstens gelangweilt in der Pflichtlektüre herumgeblättert hatten.

»Ich möchte Ihnen gerne etwas empfehlen, Herr Kollege«, nahm er sich den Jüngeren vor. »Sie sollten zurück an die Uni und promovieren. Parteimitgliedschaft ist nicht mehr ausschlaggebend, ich weiß natürlich, dass sie kein Genosse sind …«

»Wenn Sie mich loswerden wollen, kündige ich sofort …«

»Missverstehen Sie mich doch nicht. Ich schätze Sie sehr. Gerade deshalb sollten Sie sich nicht mit dem zufriedengeben, was Sie hier bei uns machen, Sie gehören als Professor an die Universität.«

»Ich bin aber zufrieden hier.«

Dabei blieb es lange.

Ich habe den Kindern nie etwas aufgedrängt. Schon im zweiten Schuljahr war ich so selbstsicher, dass ich vom Katheder aus verkündete:

»Mein Name ist Aaron Kukanić. Wenn man jemanden kennenlernt, stellt man sich vor. Das habe ich hiermit getan. Ich werde euch jetzt einzeln aufrufen, dann werdet ihr euch nacheinander vorstellen. Aber, Leute, um es gleich zu klären: Ob ihr etwas lernen wollt, ist eure Sache, mich geht das nichts an. Ich sage euch, was ich weiß und was ihr wissen solltet. Das ist meine Pflicht. Ob lernen eure Pflicht ist, müsst ihr selbst herausfinden. Und ich verspreche, durchfallen wird bei mir niemand. Also macht, was ihr wollt, unter der Bedingung, dass ihr brav und still seid, wenn ich rede, und mir gegenüber höflich bleibt. Mich mögen braucht ihr nicht, darauf verzichte ich. Lehrer werden nicht angestellt, um von Schülern geliebt zu werden, sondern um zu versuchen, ihnen etwas beizubringen …«

Das Experiment ist gelungen. Keinen hätte ich durchfallen lassen müssen, nicht einmal nach strengsten Kriterien.

Die Schwimmerin … Sie war viel schneller als ich, aber auf meine Frage, wie lange sie durchhalten könne, antwortete sie nicht, auf meinen Vorschlag, jetzt loszuschwimmen, wenn es sein muss die ganze Nacht hindurch, sagte sie schnippisch: »Was die Nacht durchhalten angeht, hätte ich eine andere Idee.«

Ich begriff nicht, starrte sie nur an und sie musste lachen:

»Naiv oder schüchtern? Also in deinem Hotel oder in meinem?«

Da ich wieder zögerte, landeten wir bei ihr, und als der Morgenschimmer durch die Vorhänge den neuen Tag anmeldete, merkte sie scherzhaft an: »Du hast überraschend gut durchgehalten.«

»Wann sehen wir uns wieder?«

»Spinnst du? Was weiß ich …«

Zögernd: »Ich heiße Aaron Kukanić, Freunde nennen mich Ari. Und wie nennt man dich?«

Keine Antwort.

»War ich nicht gut? Gut genug …«

»Quatsch«, war das Abschiedswort. So schnell, wie sie schwamm, hatte sie sich angezogen, war gegangen und hatte mich in ihrem Zimmer allein gelassen. Ihren Namen hatte sie mir nicht genannt. Ich hätte mich genauer umsehen sollen, vielleicht hätte ich auf einem Koffer den Anhänger mit ihrem Namen gefunden oder etwas Ähnliches, aber ich meinte, so etwas tut man nicht. Nein, wiedergesehen haben wir uns nie. Einmal sah ich in einer Zeitung ein Foto der Siegerin über vierhundert Meter im Freistil bei den Europameisterschaften in den Niederlanden. Die war meiner Schwimmerin furchtbar ähnlich – aber konnte sie Holländerin gewesen sein? Konnte es sein, dass sie dorthin ausgewandert war? Das machten unsere Sportler nicht selten, nicht nur wegen des Geldes, eher um bessere Trainingsmöglichkeiten zu haben.

Ich muss sie Schwimmerin nennen, wenn ich an sie denke, Fräulein Quatsch kann ich sie doch nicht nennen. Mit einer anderen Meisterin im Schwimmen würde ich noch zu tun haben, aber das wusste ich damals nicht.

Das Abenteuer mit der namenlosen Schwimmerin habe ich in Budva erlebt. Budva ist eine hübsche kleine Stadt in Montenegro an der Adriaküste. Klein, aber eine angeblich seit zweitausendfünfhundert Jahren bestehende Siedlung. Ich berichte hier über die frühen sechziger Jahre. Damals hatte der furchterregende Massentourismus in Jugoslawien erst zögerlich begonnen. Heute ist es in Budva unausstehlich, aber nicht, weil es nicht mehr Jugoslawien ist, das wäre nicht mein Thema, sondern viel zu laut ist es, viel zu viele Menschen strömen zusammen, viel zu grelles Licht verdirbt den Blick auf den Nachthimmel über dem Meer, das doch Ruhe begehrt. Bude an Bude drängt sich auf dem einst so schönen und stillen, nur vom Mond belichteten, viele Kilometer langen Fußweg dem Meeressaum entlang.

Man konnte gut dort schwimmen, als noch wenige Menschen störten. Zur Insel Sveti Nikola – Sankt Nikolaus – hinüberzukraulen war für mich kein Problem, es ist nicht einmal ein ganzer Kilometer und zum Teil seicht, man könnte den halben Weg waten. Eine Übung immerhin. Es ist eigentlich ziemlich viel los in dieser kleinen Stadt an der Adria.

In der Frühzeit soll die kleine Stadt an der Adria eine Insel gewesen sein, mit der Zeit jedoch haben die Fluten Sand und allerlei Material angeschwemmt und den Ort, wo die Siedlung entstehen sollte, mit dem Festland verbunden. Kadmos, der Sohn des Agenor und Gründer von Theben, kam, aus Theben vertrieben, mit seiner Frau Harmonia auf Ochsenwagen hier an und gründete die Stadt Bouthoe. Der Ochs heißt auf Griechisch Bous, daher der Name – aber wer weiß das heute noch, wen kümmert es? Und stimmt es überhaupt? Die leider wenigen Besucher des Archäologischen Museums in der Altstadt erfahren es. Alte Kirchen kann man ebenfalls besichtigen, auf dem Markt finden jeden Sommerabend Theatervorstellungen statt, Dichterlesungen, zwischen den alten Wällen surrt ein Freilichtkino. Es wird also, neben baden, sonnenbaden und schwimmen, gut essen, noch besser trinken, auch für den Geist gesorgt.

Für seine Lehrerkollegen, Nachbarn, Bekannten, Familienfreunde war Studienrat Kukanić ein braver Bürger, ein heterosexueller Mann fast schon in den sogenannten besten Jahren. Sein Hobby war das Schwimmen. Jedermann hat ein Hobby, also sollte auch er eines haben, Briefmarken sammeln, Schach spielen, Gartenarbeiten leisten, eigenen Schnaps brennen, warum also nicht schwimmen? Schadet ja niemandem. Aber warum heiratete er nicht?

Mit seinen Hobbys wird man gern auf den Arm genommen. Der Lateinlehrer brachte im Lehrerzimmer ein Plakat an:

»Natare necesse est. Vivere non est necesse.«

»Was soll das heißen?«, fragte aus seinem Büro kommend der Herr Genosse Direktor sehr ärgerlich.

»Schwimmen ist notwendig …«, versuchte der Lateiner zu übersetzen, aber der Chef unterbrach ihn mit für ihn unüblich lauter Stimme: »Latein ist keine Geheimsprache, habe ich auch gelernt, Kollege. Aber Sie scheinen nicht zu begreifen, dass wir eine sozialistische Erziehungsanstalt sind. Leben ist nicht unwichtig, nein, es ist das Wichtigste … Das sollen wir den Schülern beibringen, wie man das Leben meistert!«

»Es sollte ja nur ein Scherz sein«, murmelte der Lateinlehrer und machte sich daran, das Plakat zu entfernen.

»Navigare necesse est, zitierte Magellan Pompeius, bevor er in See stach, um die Welt zu umrunden.«

Ein strenger Blick des Direktors, dann war Ruhe.

Milanka, die dann doch Gattin des Herrn, dessen Hobby das Schwimmen war, wurde, was man ein sozialistisches Heimchen nennen könnte, zwar berufstätig, Sekretärin in der Direktion der Postsparkasse, aber vor allem für Küche und Sohn da. Dass Männer sich mitunter mit etwas anderem beschäftigen als mit Arbeit und Familie, war doch selbstverständlich, sie selbst spielte gerne Bridge. Hauptsache, die Gatten bringen den Lohn nach Hause und trinken nicht zu viel. Schwimmen war viel besser als Karten spielen, es kostete zwar auch etwas, aber das blieb überschaubar. Als sie ihre Hochzeitsreise nach Slowenien in die Berge geführt hatte und sie oberhalb von Bohinj zur Quelle der Save gewandert waren, hatte er unbedingt auch dort, siebenhundertneunzig Meter über dem Meeresspiegel, schwimmen wollen, war kurzerhand in das eiskalte Wasser gestiegen und hatte sich nicht erkältet. Das imponierte ihr. Später, in Bled, konnte er im weitflächigen See seiner Lust frönen, dort war das Wasser im Sommer angenehm warm, und so badete auch sie dort gern.

Milanka hatte er in Bad Vrnjačka Banja kennengelernt. Und lieben? Ja, so kann man es nennen. Das kam so: Zufall ist eine Ursache, deren Elemente man nicht ergründen kann.

Während des Zweiten Weltkriegs wurde der Ort zur Zufluchtsstätte der reicheren Belgrader Bürger, die um Himmels willen nicht von den Nazis vereinnahmt werden wollten, aber auch nicht unbedingt mit der Waffe in der Hand gegen sie kämpfen. Einige Dichter unter ihnen hatten der surrealistischen Bewegung angehört. Ihr früherer Freund und Kumpane, Koča Popović, Spross einer steinreichen Familie, wurde den Eltern zum Trotz Kommunist und Spanienkämpfer, im Jugoslawischen Befreiungskrieg stieg er zum Kommandeur der Ersten Proletarischen Brigade auf. Im neuen Staat wurde er Außenminister, bald Stellvertreter des Präsidenten der Republik – bis Tito und er sich überwarfen. Noch aber konnte er seine einstigen Freunde fördern, vergab ihnen hohe Posten.

Nach dem Weltkrieg Nummer zwei legte man großen Wert auf das Kulturleben im berühmtesten Kurort des Landes, es gab Konzerte klassischer und modernerer Musik, literarische Abende und Vorträge. Milankas Eltern, beide Grundschullehrer, machten gerne mit, unterstützten die Kurortverwaltung mit Ideen, nutzten ihre Kontakte nach Belgrad, korrespondierten mit allen Größen, die sie während der Besatzungszeiten kennengelernt hatten. Ihre Bildung war mäßig, ihre Neugier grenzenlos, sie verehrten die Berühmtheiten so rührend, dass man mit Sympathie erwiderte. Das war auch insofern nützlich, als die Tochter so gleich nach der Matura eine gute, sichere Stelle in der Hauptstadt bekam.

Eine Einladung nach Vrnjačka Banja, der Königin der Kurorte, einen Vortrag über den großen Dichter und Fürstbischof von Montenegro, Petar Petrović-Njegoš, zu halten, war mir sehr willkommen. Die Schulferien waren lang, zwei Monate am Meer zu verbringen konnte ich mir nicht leisten, selbst wenn ich noch so sparsam dort lebte. Mit der Einladung war auch ein zweiwöchiger Hotelaufenthalt samt Vollpension verbunden, das versprach eine angenehme Abwechslung in den schönen, relativ zahmen Bergen Südmittelserbiens.

Es kam beim Publikum gut an, dass ich einen Vergleich zwischen dem berühmten Ungarn Imre Madách und Njegoš anstellte, aber sehr zugunsten unseres Dichters. Nationalisten fühlten sich angesprochen, obwohl ich sie keineswegs gemeint habe. Madách war mit seinem Epos »Die Tragödie des Menschen« weltberühmt geworden. Njegoš war zehn Jahre älter als der Ungar, jedenfalls waren sie Zeitgenossen, auch wenn sie nichts voneinander wussten. Ich stellte fest, dass in allen Werken der Literaturgeschichte, in jedem Lexikon, Madách spaltenlang vorgestellt wird, Njegoš jedoch gar nicht oder bloß mit wenigen Zeilen, obwohl er sicher der bedeutend originellere Goethe-Adept war. Das erklärte ich damit, dass die Ungarn einander stets loben, vor der Außenwelt nie kritisieren, um sich im Lichte ihrer Landsleute selbst zu erhöhen, während die Serben einander bestenfalls ignorieren, meist jedoch sogar im Ausland kritisieren. Ich wollte keinesfalls irgendwie patriotisch sein, was gewiss Mode war, es war meine Meinung und ist es auch heute noch, weil es einfach wirklich so ist.

Das kam gut an. Ich wurde nach meinem Vortrag von einem

Lehrerehepaar, das am Kulturleben des Kurortes fleißig mitwirkte, zum Abendessen eingeladen. Die Tochter des Hauses hieß Milanka und war von mir begeistert. Oder sie tat so. Wer hat es nicht gerne, von einem jungen, angenehm anzusehenden Mädchen angehimmelt zu werden? Sie bot sich an, mir die Sehenswürdigkeiten des Ortes und der Umgebung zu zeigen: sieben Quellen, davon vier heiße, zu Kurzwecken genutzte Mineralquellen, ein japanischer Park, die Skulptur eines Spatzen in lokaler Tracht namens Gotško und ähnlicher Kitsch. Sie erzählte mir, wem die schönen alten Villen gehört hatten, die jetzt natürlich verstaatlicht waren. Natürlich? Mit der Idee der Ausbeutung der Ausbeuter bin ich aufgewachsen und dachte nicht weiter darüber nach. Damals. Alte Kirchen, ob ich hineingehen und eine Kerze anzünden wolle, nein, danke, das wollte ich nicht. Ich sei übrigens Jude, sei sie religiös?, fragte ich zurück, nein, aber ihre Eltern hielten sich an Volksbräuche und dazu gehöre … Da hörte ich kaum noch zu, stellte fest, dass ihr mein Bekenntnis, Jude zu sein, keinen Kommentar entlockt hatte, nicht aufgefallen, also wohl egal war.

Endlich gelangten wir zur Liebesbrücke. Sie führt über einen Bach mitten im Kurpark und am Geländer sind Vorhängeschlösser mit Initialen von Liebenden angebracht. Sicher besser, als Buchstaben in arme Baumstämme zu ritzen. Der Ursprung dieses Brauches war ein serbisches Mädchen, das in einen griechischen Freiheitskämpfer verliebt war, der im Kampf fiel. Zum ewigen Zeichen ihres großen Schmerzes, sie war nicht einmal offiziell verlobt mit ihm, hatte also keinen Ring von ihm bekommen, kaufte sie ein großes Vorhängeschloss, ließ ihrer beiden Namen eingravieren und brachte es an dieser Brücke an.

»Eine schöne Legende«, sagte ich, »aber nicht sehr originell, in Paris hängen auf dem Pont des Arts, der Brücke der Künste, auch solche Vorhängeschlösser, davon haben sicher die Herrschaften erzählt, die dort studiert haben.«

»Sie wissen zu viel«, sagte Milanka und hängte sich bei mir ein. »Ist es nicht manchmal einfach schöner, nicht zu viel zu wissen?«

Ich weiß nicht, was in mich gefahren ist. Bis zu diesen Tag war ich zufrieden gewesen in meinem gemieteten möblierten Zimmer. Hätte mich jemand danach gefragt, hätte ich behauptet, dass ich nie heiraten würde, damit einen Strich unter das Judesein machen wollte, zumindest sofern es in meiner Macht stand. Aber die Ehe dieser begeisterten älteren ehemaligen Lehrer bezauberte mich. Warum sollte ich mir nicht auch eine solche Zukunft einrichten? Ich war zweiunddreißig. Lange zögert man, dann fällt man blitzschnell eine Entscheidung. Zu schnell? Am nächsten Tag kaufte ich ein solches Schloss, besuchte die Lehrerfamilie und fragte Milanka, wo man unsere Initialen anbringen könne. Ich hielt förmlich und altmodisch beim Herrn Papa, den ich als lieben Kollegen ansprach, um ihre Hand an. Er schien nicht überrascht. Ihm war wichtig, dass unsere Kinder im serbischen, im prawoslawischen Glauben aufgezogen würden, sonst hatte er keine Vorbehalte. Die Verlobung wurde eine Woche danach gefeiert. Am liebsten hätte ich Njegoš und Madách dazu eingeladen, weil beide nicht nur große Dichter, sondern auch eifrige Frauenhelden gewesen waren, Njegoš trotz seiner kirchlichen Würde, er musste ja nach orthodoxen Regeln Mönch sein, um Bischof zu werden – aber leider waren beide längst tot.

Im folgenden Jahr bekam Milanka durch ihre Stellung in Belgrad eine Zweizimmerwohnung zugeteilt. Hohe Protektion. Wir heirateten bescheiden am Belgrader Standesamt und mit allem Prunk und zahllosen Gästen kirchlich in Vrnjačka Banja. Für diesen Zirkus musste ich mich taufen lassen, das war mir aber egal.

Es ist eine langweilige, also eine gute Ehe geworden. Seitensprünge inbegriffen. Ich habe einige Ehen erlebt, die als glückliche Verbindungen galten. Mann und Frau, die bis an ihr Ende ineinander verliebt waren. Wie schön für sie. Aber gezankt haben sie sich manchmal, heftig. Mit Fluchen und Weinkrämpfen und allem, was zur Liebe dazugehört. Milanka und ich haben uns nie gezankt, wirklich nie.

Auf Einladung eines großen Verlags wurde ich gebeten, die Manuskripte einiger Parteibonzen, Veteranen des Partisanenkriegs, sprachlich in Ordnung zu bringen. Dafür waren gute Honorare vorgesehen. Ein hoher Gewerkschaftsführer bat mich, ihm als Ghostwriter auszuhelfen. Er war ebenfalls ein Held des Partisanenkriegs, ungebildet, aber keineswegs dumm, hatte ein blendendes Gedächtnis für Menschen und Orte, und konnte mir genau sagen, worum es in seinen Reden gehen sollte. Die Honorare wurden von den Gewerkschaften bezahlt, natürlich offiziell nicht fürs Redenschreiben, irgendetwas war ihnen eingefallen, mir war es egal und ich unterschrieb die Verträge. Mir war und ist vieles egal.

Wie es sich für ein gutbürgerliches Leben auch im Sozialismus gehört, erwartete die Familie, nachdem wir eine Wohnung in der Hauptstadt bezogen hatten, ein Kind. Die Schwiegereltern wurden nervös, als sich keine Schwangerschaft einstellte. Milanka musste sich im Badeort einer ärztlichen Untersuchung unterziehen, die keinerlei Auffälligkeiten zutage brachte. Also bat man mich, das Gleiche zu tun. Ich hatte meine Zweifel, ob es richtig war, einen neuen Halbjuden in die Welt zu setzen. Vielleicht war ich, nach allem, was mit mir im Lager geschehen war, ohnehin nicht zeugungsfähig, also willigte ich ein, in der leisen Hoffnung, der Arzt würde bestätigen, dass ich unfruchtbar war. Dann würde man mich in Ruhe lassen – aber es war nicht so. Der liebe Doktor sagte, der Storch würde schon noch kommen. Und er kam, unser Sohn wurde 1965 geboren.

Selbstverständlich war ich gerührt, verwundert sah ich das winzige Geschöpf an, das Wunder Mensch. Ich begann, an eine glückliche Zukunft zu glauben. Freilich fürchtete ich, die Großeltern würden ihre Liebe besser zeigen können als ich, obwohl ich mich bemüht habe, mich so zu benehmen, wie man es von einem zum jungen Vater gewordenen Mann in Serbien erwartete. Ich glaube, man akzeptierte mich als Sonderling, so war ich eben.

Nie war ich fähig zu zeigen, auf welche Weise mein Leben mit dem Kind einen Sinn bekommen hatte, wie stolz und begeistert ich war. Es gelang mir nie, meine Emotionen sichtbar auszudrücken. Ein Mann würde dieser Säugling werden, aufwachsen in einer Welt, die mir zwar nicht gefiel, aber ich konnte sie nicht austauschen. Weil ich vorausdachte, mir sein Leben vorstellte, begleitete mich freilich auch ein schrecklicher Gedanke: Wer geboren wird, muss eines Tages sterben. Wer ein Kind zeugt, hat gleichzeitig dessen Todesurteil ausgesprochen. Wenn man nicht geboren wird, gibt es nichts, was sich »ich« nennen könnte, aber es ist unsterblich. Nichtexistierende sind unsterblich.

Das Leben ging weiter. Da wir nun zu dritt waren und zwei relativ anständige Gehälter bekamen, überlegten wir, einen Kredit aufzunehmen, um eine größere Wohnung zu kaufen. Da erreichte uns überraschend die Nachricht, dass eine Tante Milankas gestorben war, eine Witwe, die ich nur einmal gesehen hatte, im Rahmen unserer Hochzeit. Sie hinterließ Milanka ein großes Haus im Kurort, Geld und Schmuck. Jetzt waren wir vermögend.

»Was machen wir damit?«, fragte sie. Vorsichtig meinte ich, wir könnten doch die Villa verkaufen und dafür etwas am Meer erwerben. Im Kurort blieb ja das Haus der Eltern. Sofort war Milanka einverstanden. So war es immer zwischen uns, auch bei weniger wichtigen Dingen, ob man am Abend ausgehen solle und wohin – einer von uns beiden schlug etwas vor und der andere stimmte zu.

»Wollen wir etwas vom Grill essen gehen, hinüber in dieses neue Lokal?«

»Warum nicht?«

»Oder zur Abwechslung in das tschechische Restaurant, etwas mit Knödeln. Und Pilsner?«

»Wie du willst.«

Unser Sohn hatte zugehört.

»Irgendwohin, wo es Pommes frites gibt!«

»Die bekommst du jedenfalls …«

»Man sagt bitte!«

An keinen einzigen Fall kann ich mich erinnern, in dem der andere eine Idee verbessert oder abgeschlagen hätte. Waren wir dermaßen ein Herz und eine Seele oder nur kompromissbereit und friedfertig? Ich kann es nicht sagen.

So fuhren wir jedenfalls eines Tages mit der Eisenbahn nach Split und weiter mit dem Dampfer nach Omiš, einem kleinen Ort, von dem ich viel gehört hatte, denn er liegt genau in der Mitte der jugoslawischen Adriaküste.

Die Siedlung wird zum ersten Mal Anfang des siebenten Jahrhunderts als Oneum an der Mündung des Flusses Cetina ins Meer erwähnt, dessen Quelle auf einer Höhe von dreihundertfünfundachtzig Metern entspringt, bald als Wasserfall in die Tiefe stürzt und als starker, wenn auch schmaler Strom eine nur hundertfünf Kilometer lange Schlucht bildet. Auf seinem Weg schwemmte der Fluss Erde und Sand an, sodass sich eine feste, flache Halbinsel bilden konnte, auf der das Städtchen entstand.

Im zwölften und im dreizehnten Jahrhundert war sie der Sitz von Piraten, die von ihren Festungen Mirabella und Fortica aus den Schiffsverkehr zwischen Venedig und dem Süden beobachteten. Heute kann man deren wuchtige Ruinen bewundern. Von der hoch gelegenen Festung Fortica aus überblickt man den ganzen Kanal von Brač, das Meer zwischen der Insel und dem Festland. In der Flussmündung der Cetina lauerten die sehr schnellen, flachen Ruderboote, die aus diesem Versteck hervorschossen, wenn von oben das Signal dazu gegeben wurde. Die Piraten waren so mächtig, dass viele Schiffseigner ein regelmäßiges Schutzgeld bezahlten, um ungehindert vorbeizukommen. Die Legende machte die Piraten zu Uskoken, edlen Kämpfern, die wie Robin Hood den Reichen etwas abnahmen, um es dann an die Armen zu verteilen. Das stimmte insofern, als die »Armen« ihre eigenen Familien waren. Ab dem sechzehnten Jahrhundert löste sich das Piratentum auf und wurde von Handwerk, Fischfang, später Industrie, kleinen Werften und dem Fremdenverkehr abgelöst. Fremde also verkehrten mit uns, bei uns, miteinander. Das kann verkehrt nicht sein.

Als wir nach Omiš kamen, gab es dort eine Schokolade- und Keksfabrik und leider in der Nähe eine Zementfabrik, von der bei entsprechendem Wind Gestank herbeigeweht wurde. Die kleine Werft baute und reparierte nur Fischerboote. Wir nahmen im einzigen kleinen Hotel ein Zimmer. Zum regionalen Zentrum entwickelte sich die nahe gelegene Stadt Makarska am Rande eines Naturparks mit einem langen, am Waldrand gelegenen Sandstrand, in Omiš blieb es still.

Am ersten Morgen stand ich sehr früh auf, mich lockte die Insel, auf die man vom Strand aus blickte – Brač. Die Entfernung konnte ich nicht richtig schätzen – erst später erfuhr ich, dass es etwa sechs Kilometer sind –, aber erst einmal schwamm ich der Insel auf meine Art entgegen. Nach mehreren Hundert Metern merkte ich, dass die Insel noch immer weit, weit entfernt schien. Sollte ich umkehren? Das war nicht meine Art. Müde war ich überhaupt nicht, aber ich hatte keine Nachricht hinterlassen, dass ich länger zum Schwimmen weg sein würde. Es war jedenfalls eine interessantere Herausforderung als von Budva zur Sankt-Nikolaus-Insel. Als neben mir eine Flosse auftauchte, durchfuhr mich zuerst ein Schrecken, es würde doch um Gottes willen kein Haifisch sein. Als sich aber schnell herausstellte, dass es ein gutmütiger Delfin war, fühlte ich mich in meiner Entscheidung bestätigt, nicht umzukehren. Der Tümmler begleitete mich. Mir schien, er tat es mit Absicht. Solche Tiere, die ja keine Fische, sondern Säugetiere sind, können viel schneller schwimmen als Menschen, aber dieser wollte mir offensichtlich Gesellschaft leisten.

Als Aphrodite, die Göttin der Liebe, aus einer Muschel geboren wurde, tanzten um sie herum vor Freude Delfine, seither sind sie ihre Begleiter. Und jetzt kam so einer vielleicht mit ihrem Segen, um mich zu begleiten, weil ich auf dem Festland keine erotische Liebe mehr fand seit der Schwimmerin, und seit Agi … Über sie später. Natürlich bin ich nicht gläubig, ein armer Sprachwissenschaftler nur, und die griechische Mythologie ist ein schönes Beispiel von Dichtung. Inklusive Liebesgöttin und Begleiter.

Es heißt, Delfine und Wale würden Menschen im Meer zur Seite stehen. Selbst die Angriffe von Haien sollen sie abwehren. Das wusste ich damals allerdings nicht, ich wunderte mich nur. Ob es wirklich stimmt, weiß ich ja eigentlich immer noch nicht, aber so steht es in Büchern.

Endlich an einem seichten Ufer angekommen, entdeckte ich gleich in der Nähe ein bescheidenes Wirtshaus. Ich war durstig, hungrig auch, hatte jedoch kein Geld mit. Also bat ich um ein Glas Wasser. Der Wirt war freundlich, soeben hätten sie Sardinen gebraten, ob ich nicht eine Portion …

»Ich habe nichts dabei, bin von Omiš herübergeschwommen.«

»In einem Zug? Allerhand. Bravo! Macht nichts, Sie sind mein Gast. Eine größere Gesellschaft hat sich angemeldet, die kommt bald …«

Der Mann setzte mir eine anständige Portion vor, dazu frisches Brot und ein Glas Weißwein.

Dann schwamm ich gemächlich zurück, es war Abend geworden, die Sonne schickte sich an, unterzugehen. Ich hatte also mindestens zwölf Kilometer gemacht, ohne richtig müde geworden zu sein. Fast war ich beleidigt, weil Milanka weniger beunruhigt gewesen war, als ich gefürchtet hatte:

»Ein wenig in Sorge war ich schon, aber ich kenne dich doch, ich habe mir gedacht, dass du irgendwo herumschwimmst …«

Mit diesem Erlebnis jedenfalls war besiegelt, dass wir hier ein Haus kaufen oder bauen lassen würden.

In den Sommerferien waren wir jetzt also immer in Omiš, aber die meiste Zeit verbrachte ich in Belgrad, nur ein Schuljahr lang musste ich im Gymnasium in Sarajevo aushelfen, eine Abwechslung. Mir war und ist jede Veränderung des Alltags willkommen. Sarajevo ist eine wunderbare Stadt. Der Fluss Miljacka, der sich durch das Häusermeer windet, ist schmal und schnell, eingekesselt zwischen Bergen liegt das Zentrum auf fünfhundertelf Metern über dem Meeresspiegel, die Ränder der Siedlung klettern aber auf neunhundert Meter hinauf, die Gipfel ringsherum auf zweitausend. Preisgünstig zu wohnen hieß, sich täglich im Bergsteigen zu üben. Zwar hatte ich ein Zimmer im Zentrum, unten neben dem Theater gemietet – aber Selma wohnte ganz hoch oben.

Selma. Sie stand kurz vor der Reifeprüfung. Die schwärzesten Augen, die ich je im Leben gesehen habe. Schmal an Hüfte und Brust, aber schon ganz Frau. Natürlich dürfen Lehrer und Schüler nicht … Nie! Undenkbar? Denkbar schon, die Gedanken sind frei. Sie wusste etwas über die bosnischen Schriftsteller, aber Grammatik verstand sie einfach nicht, sodass es fraglich war, ob sie die Reifeprüfung bestehen würde. Sie wusste das, fing mich einmal im Flur ab und fragte, ob ich ihr jemanden für Nachhilfeunterricht empfehlen könnte oder vielleicht sogar selbst … Ich sagte, hier würde ich niemanden kennen und es sei ausgeschlossen, dass ein Lehrer einer Schülerin Extra-Stunden gebe. Sie wollte mich unbedingt nach Hause begleiten, das duldete ich, und weil es so angenehm war und unser Gespräch interessant, begleitete dann ich sie hinauf, wo sie wohnte, denn es war inzwischen dunkel geworden und sie sollte jetzt nicht alleine durch die engen Gassen gehen müssen. Ihre Stimme war so reizend, ihre Sätze so munter, dass mir sprachliche Ungereimtheiten gar nicht auffielen, auch nicht, dass sie so viele türkische und arabische Worte einflocht. Es war ja keine Unterrichtsstunde, mir war gleich, was sie sagte, mich unterhielt, wie sie es sagte. Ja, es erregte mich.

Um unseren Gesprächen und auch den folgenden häufigen Spaziergängen einen Sinn zu geben, fragte ich sie nach der Praxis des Islam aus. Sie konnte den Koran auf Arabisch auswendig, war also Hāfiz, auch in der Übersetzung konnte sie das heilige Buch deklamieren. Lernen konnte sie also, hatte ein Gedächtnis – aber im Serbokroatischen hatte sie Hemmungen. Oder?

»Mohammed ist kein Prophet, sondern der Gesandte«, belehrte sie mich. »Der Gesandte Gottes. Propheten sind andere – von Moses bis Jesaja. Isa ibn Maryam, dein Jesus. Den Koran kann man eigentlich nicht übersetzen, es gilt nur der arabische

Text, den Gott dem Gesandten diktiert hat. Allenfalls deuten kann man ihn in anderen Sprachen …«

»Es ist nicht mein Jesus, ich bin Jude …«

»Macht nichts.«

»Meinst du Allah, wenn du Gott sagst?«

»Allah ist einfach das arabische Wort für Gott, es entstand über El, Elohim. Das sollte ein Jude wissen. Es ist kein Name.«

»Du solltest etwas in dieser Richtung studieren.«

»Möchte ich ja, aber dazu brauche ich nun einmal den weltlichen Abschluss des Gymnasiums …«

»Du trägst aber keinen Schleier, kein Kopftuch …«

»Die Frauen des Gesandten haben das auch nicht getan. Man muss den Glauben reinigen.«

Es versteht sich, dass so ein Mädchen unberührbar war. Gut für mich als Lehrer, denn sonst … Wie gesagt, die Gedanken sind frei. Mehr, als sie am Ellbogen zu fassen, um sie sicher über Holpriges zu geleiten, geschah nicht.

An die Schwimmerin und an Selma denke ich oft. Immer öfter in der letzten Zeit. An die Ungarin allerdings auch. An sie ganz besonders oft. Man wird sehen, immer öfter. Auch sie eine Schwimmerin, aber eine mit Namen. Agota. Agota Alföldhelyi. Einfacher Agi.

Mitte der fünfziger Jahre, kurz nach dem Sturz des Oberstalinisten Rákosi als Führer des Landes, war ich zu einem Slawisten-Kongress nach Budapest eingeladen. Die bis vor Kurzem sehr schlimmen politischen Verhältnisse zwischen Ungarn und Jugoslawien hatten sich seit Stalins Tod verbessert, die beiden Regimes misstrauten einander aber weiterhin. Für viele Ungarn, ganz besonders für junge Intellektuelle, war Jugoslawien die Erfüllung aller Träume – sozialistisch, aber demokratisch, es gab Reisefreiheit und volle Geschäfte mit allen möglichen Waren.

Ich beschloss, über eines meiner Lieblingsthemen zu referieren, über den Dialekt im Südosten Serbiens, die Gegend um die Stadt Vranje. Es ist eine veraltete, jedoch analytische Sprache, sie benützt eine Reduplikation der Nomen, sie haben bestimmte und unbestimmte Varianten. Sehr häufig sind überraschende Diminutive, wenn man etwa »mein Lehrerlein« sagt, so ist das keineswegs verächtlich gemeint, so nennt man nun einmal seinen Schulmeister, die Schuhe trägt man zur Reparatur zum Schusterlein, obwohl er ein alter, ehrwürdiger Meister ist. Ein Dichter versuchte diese Mundart in die Hochliteratur einzuführen, Bora Stanković, und wurde dafür heftig kritisiert. Ich ging davon aus, dass meine von der allgemeinen Meinung abweichende Auffassung die Kollegen aus dem englischsprachigen Raum interessieren würde, weil ich als Beispiel auf die Sprache Shakespeares verwies und darauf, dass an angelsächsischen Universitäten viel über Dialekte und Sprachnuancen diskutiert wird, siehe Shaws »Pygmalion«.

Gerade weil ich die Leute in diesem Teil meiner Heimat nicht einmal ganz verstand, Stankovićs Werke, vor allem sein Hauptdrama, »Koštana«, erst in die serbokroatische Hochsprache übersetzt werden mussten, hatte ich meine ganz eigene Meinung dazu. Es geht um die schöne »Zigeunerin« Koštana, in die ganz Vranje verliebt ist, vor allem Stojan, der Sohn des angesehenen Hadschi Toma. Als Hadschi gilt bei den Serben, in Analogie zu den Moslems, wer die heiligen Stätten in Jerusalem besucht hat. Eine Ehe kommt natürlich nicht infrage und das Mädchen wird gezwungen, weit weg zu heiraten. Das Stück wurde 1900 im Belgrader Nationaltheater uraufgeführt und fiel sowohl beim Publikum als auch bei der Kritik durch. Nach dem Ersten Weltkrieg jedoch hatte es großen Erfolg, vor allem weil die »Zigeunerin« viele Lieder singt und damit alle Aufmerksamkeit auf sich zieht. Im Gegensatz zu der Auffassung, sie sei die Heldin, behaupte ich, dass Koštana eine Nebenrolle ist, kein lebendiger Mensch, sondern eine Projektion, ein Traumbild wilder, unerfüllter, erotischer Liebe. Eine Lulu vom Balkan. Man kann als Schauspieler den Hadschi Toma als Lear anlegen und Mitke, einen an seinem verpfuschten Leben leidenden Menschen, sehr gut als Hamlet.

Doch all das war unwichtig, auf solchen Kongressen hört man vor allem sich selbst zu, aus Höflichkeit döst man, Aufmerksamkeit vorgaukelnd, wenn die Kollegen ihren Leierkasten abspielen, und applaudiert laut, wenn die Quälerei zu Ende ist.

Die neue ungarische Regierung hatte, um international wieder wahrgenommen zu werden, viel Geld bereitgestellt. Ich wurde besonders hofiert, war der Einzige, der ein Zimmer im Nobelhotel Gellért mit Blick auf die Donau bekam.

Kollegin Alföldhelyi war die jüngste Teilnehmerin. Sie war Expertin für russische Philologie. Ihren Vortrag über Jessenin fand ich langweilig, sie umging sein vielleicht bestes Gedicht, das er mit seinem Blut vor seinem Freitod auf die Wand eines Hotelzimmers geschrieben hat und das mit den Versen endet: »In diesem Leben ist sterben nicht neu, aber auch Leben ist, gewiss, nicht neuer«. Dafür zitierte sie ausführlich, ja kitschig, »Das Lied von der Hündin«, in dem das Herrchen sechs Welpen in einen Sack steckt und umbringt. Die ganze Runde allerdings hörte sehr aufmerksam zu – denn die junge Frau war schön. Sehr schön. Ihre perfekte Figur kam trotz des etwas unförmigen grauen Kostüms voll zum Ausdruck. Ständig bewegte sie den Kopf nach allen Seiten, sodass ihr halblanges dunkelbraunes Haar flatterte, als hätte sich eine leichte Brise im Konferenzsaal eingefunden. Kurz gesagt, sie war hinreißend und sich dessen augenscheinlich bewusst.

Für die Freizeitgestaltung war viel Zeit vorgesehen, jeweils ein ungarischer Kollege sollte einem ausländischen Gast als Gesellschafter beistehen. Mir wurde Agi als Führerin durch Budapest und die Umgebung angeboten, was ich freudig überrascht annahm. Später sagte sie mir, sie habe sich das so ausgesucht. Darauf bilde ich mir nichts ein, ich war als Jugoslawe, nicht als Mann interessant. Die Verhältnisse im Gastgeberland kennend hatte ich beste Schokolade und Kaffee mitgebracht. Das meiste davon habe ich natürlich ihr geschenkt.

Am ersten freien Vormittag fragte sie mich, was ich am liebsten sehen würde, und ich sagte nichts, aber gerne würde ich ein wenig in der Donau schwimmen. Das gehe schlecht, sagte sie, der Fluss sei sehr schmutzig, es gebe daher auch keine Badeanstalten am Flussufer. Dafür in einem Hotel auf der Margareteninsel eine herrliche Badelandschaft mit zehn verschiedenen Becken, darunter ein Wellenbad, eins mit mehreren Riesenrutschen, ein Thermalbad, das aus einer eigenen unterirdischen Quelle gespeist werde, das alles im Jugendstil ... Die Aussicht auf die angepriesenen Pools reizte mich nicht besonders, aber ich wollte sie im Badeanzug sehen, deshalb ging ich darauf ein. Um es richtig zu verstehen: Ich war neunundzwanzig, sie dreiundzwanzig.

Ein knapper einteiliger, eng anliegender Badeanzug. Muskulöse, wunderbar geformte Beine. Es stellte sich heraus, dass Agi ungarische Schwimmmeisterin war und sogar einige nationale Rekorde hielt, sie hoffte, 1960 an den Olympischen Spielen in Rom teilnehmen zu können.

An Ort und Stelle aßen wir einige trockene, fad schmeckende Sandwiches, sie bestand darauf, als Gastgeberin im Namen der Akademie die Rechnung zu übernehmen. Im Gegenzug lud ich sie ein, mit mir in meinem Hotel zu Abend zu essen, ich konnte es auf die Zimmerrechnung setzen lassen, es zahlte also praktisch wieder die Akademie. Und das Gellért als Ausländerhotel war bestens versorgt.

Das Mädchen überlegte ziemlich lange.

»Ich glaube, das kann ich, aber unter einer Bedingung – biete mir nicht an, dein schönes Zimmer zu besichtigen. Die Rezeption würde kein Wort dazu sagen, aber ich würde meinen Job verlieren und ins Ausland würde man mich nie mehr lassen, auch von Rom wäre keine Rede mehr.«

»Wieso?«

»Prostitution zugunsten von Ausländern wird geduldet, aber die Damen müssen als Huren angemeldet sein und bekommen dann auch regelmäßig Sonderaufträge vom Geheimdienst.«

Das Essen im vornehmen Hotel war ausgezeichnet, wir tranken eine Flasche trockenen Weißwein vom Plattensee, Badacsonyi Kéklevelű, dann sagte sie: »Also, wenn du magst, können wir in einen Nachtklub gehen, aber nicht auf Rechnung der Akademie.«

»Sehr gern. Ich habe genug ungarisches Geld und noch keinen Filér ausgegeben.«

Die Nachtbar hieß »Pipacs«, Mohnblume. Ich kann mich nicht erinnern, was wir alles getrunken haben, Verschiedenes durcheinander, danach wollte Agi mir die beleuchtete Stadt von oben, vom Berg jenseits der Donau zeigen. Wir überquerten den Strom auf der alten Kettenbrücke, marschierten steil bergauf, es flimmerten nicht nur die Laternen, sondern auch zwischen uns, der einzigartige neugotische Parlamentspalast war angestrahlt und leuchtete, als gäbe es im sozialistischen Ungarn im Sommer 1956 Demokratie, und dann haben wir es stehend … Für mich war es das erste Mal in dieser Stellung. Für sie offensichtlich nicht. Ich ziehe das Bett vor. »So richtig nett, so richtig nett, so richtig nett ist's nur im Bett«, heißt es in einem Schlager von Peter Alexander. Später ging es in ihrem schmalen Bett in einer winzigen Kammer weiter und danach jeden Tag.

Eines Abends führte sie mich zu einer Freilichtbühne auf der Margareteninsel. Es wurde die Operette »János vitéz« – »Der Held János« – von Pongrác Kacsóh nach dem Poem von Petőfi gegeben, ich weiß nicht, wie gut, wahrscheinlich sehr gut, aber wir haben uns bald in die Büsche geschlagen. Einige Meter entfernt vom Publikum, das hoffentlich die zauberhafte Musik verschlang und nicht in die Dunkelheit starrte. Ob es jedoch an höherer Stelle aufgefallen ist? Vermutlich nicht nur das. Sicher sogar. Ob sie einen Bericht schreiben musste? Auch über diesen Moment? Gefragt habe ich sie natürlich nicht, aber ich gehe davon aus. Doch was konnte ihr der jugoslawische Gymnasiallehrer schon Interessantes erzählt haben? Wenn sie sich damit reingewaschen hat, soll es mir recht sein. Verheiratet war ich damals noch nicht.

Meine Erinnerung an Agi ist ganz anders als die an die Schwimmerin. Nicht nur, weil sie einen Namen hat und weil es mit ihr mehr als ein einziges Mal gegeben hatte. Nach der gescheiterten Revolution im Oktober wanderte Agi nach Kanada aus. Das habe ich erfahren. Weiter nach ihr gesucht habe ich nicht, damals nicht. Vielleicht hätte ich ja eine Verbindung mit ihr herstellen können. Allerdings sie genauso gut mit mir. Wahrscheinlich wäre sie in so einer Recherche viel geschickter gewesen als ich. Wenn ich heute, so viele Jahre danach, schwimme, schwimme, schwimme, stelle ich mir vor, wie sie mich kraulend überholt und mir Mut macht, meine Depressionen zu überwinden, die Agi. Ich hoffte damals nicht, noch nicht, dass sie noch einmal in meinem Leben auftauchen würde, aber kurz nach diesen Überlegungen konnte ich sie einladen und …

Sie hat mich gefragt, ob ich Jude sei. Ihr Dekan war Jude. Kein junger Mensch mag seinen Chef. Die schlimmsten Stalinisten Ungarns, mit Rákosi an der Spitze, waren Juden. Der

Hass, den die meisten Ungarn gegen das Regime hegten, verband sich mit altem Antisemitismus. Daran hatte ich nie gedacht. Im Grunde genommen bin ich ja ein naiver Mensch.

Wie schrecklich viel Langweile steckt in dem kleinen Wort Alltag. Diese Morgentoilette. Das tägliche Zähneputzen, Rasieren, ein Lehrer hat immer piekfein zu sein. Ich mag mich nicht und muss mich dennoch ihm Spiegel anstarren. Das heißt, mich selber mag ich schon, aber nicht meine Fratze, ich wünschte mir, mehr Haar zu haben, schönere Zähne, auch zehn Zentimeter größer wäre ich gerne. Wieso nicht gleich fünfzehn, zwanzig Zentimeter, um auf diese dumme Welt ein wenig von oben herabzuschauen.

An die Dummheit erinnerten mich fast jeden Abend die Schularbeiten, die ich gewissenhaft las. Je weniger so einer oder eine zu sagen hat, desto ausführlicher tut uns das Kind das kund. Sollte ich statistisch überprüfen, wer länger schreibt, Mädchen oder Buben? Ohne mich näher damit befasst zu haben, scheint mir, Mädchen schreiben längere Aufsätze. Manchmal am Anfang des Schuljahrs horchte ich auf. Hoppla, diese Arbeit könnte ja Beobachtungsgabe anzeigen, sogar Talent. Dann nahm ich mir den Schüler oder die Schülerin vor. Was wolltest du sagen? Die erste Antwort genügte mir nicht, ich bohrte weiter. Verzweifelt dachte mein Opfer, ich sei unzufrieden, besonders wenn endlich eine besonders hübsche Formulierung gelang. Dann erklärte ich: »Na, dann sag es doch einfach so.« Mit den übrigen gab ich mir keine Mühe, ich habe ja versprochen, dass bei mir keiner durchfallen wird.

Eines dieser kleinen Mädchen fand ich so gut, dass ich ihre Verse einer literarischen Zeitschrift schickte, die sie auch tatsächlich abdruckte. Sie wurde schon in sehr jungen Jahren als

Dichterin berühmt. In einem Interview sagte sie, ich hätte sie gefördert, mir habe sie zu verdanken, dass aus ihr etwas geworden sei. Das hat mein Sohn zufällig gehört und gesagt, er sei stolz auf mich. So etwas ist angenehm.

Aber sonst … Das gemeinsame Frühstück, schön gedeckt, aber Milanka ist stets in Eile.

»Wie hast du geschlafen, Liebe?«

»Danke, ganz gut, und du?«

»Wie ein Murmeltier.«

»Warum sagt man das so?«

»Weil die klugen Tiere den ganzen kalten Winter durchschlafen.«

»Kann ich das Auto nehmen?«

»Aber selbstverständlich. Was soll ich einkaufen?«

Ich bin ein guter Einkäufer, sie ist eine gute Köchin, unser Sohn ein guter Konsument. Wie gesagt, ein langweilige, gute Familie. Gut, sage ich, nicht hervorragend, wir ragen in keiner Weise aus der Masse hervor. Das dachte ich ziemlich lange, bis eines Tages …

Warum sollte ich mir nicht wenigstens Gedanken an die eine oder andere Schwimmerin als harmloses Rezept gegen Langweile gönnen, an Selma, an Agi. An die Agi ganz besonders. Oft. Immer öfter. Einem Ziel entgegenzuschwimmen, das ich nicht kenne, so oft wie möglich, das muss doch wunderbar sein, und gerade deshalb unerreichbar. Es lauert vielleicht in der Tiefe oder in der Höhe über den Wolken, das Ziel, falls es einmal nicht mehr weitergeht wie für Schillers Edelknappen aus der Ballade, dem Kerl, der nicht aufgeben wollte, um die Königstochter zu bekommen.

Ich werde älter. Ich bin immer öfter müde. Wäre diese Lichtgestalt aus Schillers Ballade, die Königstochter, wenn er sie gekriegt und der Sturm sich beruhigt hätte, gemütlich ins Meer baden gegangen? Nur so? Konnten Königstöchter schwimmen? Trugen Prinzessinnen Bikinis?

Als Tito 1980 starb, war ich zunächst verzweifelt, eine Epoche schien mir zu Ende gegangen zu sein. Doch ich tröstete mich schnell: nihil novi sub sole – nichts Neues unter der Sonne. Würde die aus sechs Republiken und zwei autonomen Gebieten gebildete Föderation fortbestehen können, ohne seine sie zusammenhaltende feste Hand? Ich befasste mich wenig mehr mit der Politik als durch Zeitunglesen. Unser Leben wurde ja von der großen Politik nicht berührt, bildeten wir uns ein. Wie viele andere. Wie wir uns irrten!

Der große Dichter, der Fürstbischof von Montenegro, Goethe-Epigone Njegoš schrieb bereits 1850 prophetisch: »Teilt sich Europa auf kleine Kantone auf, sodass jeder zwei oder drei Millionen Einwohner hat, sie alle miteinander einen Bund bilden und die stehenden Heere aufgelöst sind, erst dann wird es friedlich und frei sein. Die Menschheit kann nicht ruhig und glücklich sein, solange sie auf Staaten aufgeteilt ist, deren Hauptziel sie selbst, der Glaube, das Volkstum und die Dynastien sind.« Er musste es wissen, war doch selber Herrscher eines von kriegshungrigen Nachbarn umgebenen Kleinstaats.

In der Unendlichkeit der Meere ist dieses Ziel schon verwirklicht. Irgendwie irgendwo ans Meer kommen werde ich sicher immer können.

Meine Eltern haben nicht geraucht, ich ziemlich lange auch nicht, obwohl manche meiner Altersgenossen schon ihren alten Herrschaften zum Trotz früh damit begannen, aber dann bekam ich eine goldene Zigarettendose. Ein Prachtstück. Sie hatte meinem Großvater gehört, bevor man ihn ermordet hat. Danach verteilte man seine Wertsachen an SS-Offiziere, aber über jene Unzeit will ich ja nicht schreiben. Die Unseren, ich meine die Partisanen, die Befreier, die Sieger konfiszierten die Dinge. Relativ spät wurde der Kram, der Juden abgenommen worden war, geordnet und man stellte fest, wem diese Tabatiere und das dazugehörende Feuerzeug gehört hatten, weil der Namenszug meines Opas eingraviert war. Nachdem er es zurückerhalten hatte, schenkte mir mein Vater beides:

»Wenn du dafür keine Verwendung hast, verkaufe sie, ich mag mich nicht damit abgeben …«

Verkaufen? Nein. Noch nie hatte ich etwas ähnlich Schönes besessen. So kaufte ich als Neunzehnjähriger zum ersten Mal im Leben Zigaretten, steckte sie in das Etui, um sie wichtigtuerisch, wie ich nun mal war und leider noch bin, Kommilitonen und vor allem Kommilitoninnen anzubieten, ihnen Feuer zu geben – und da musste ich mir natürlich auch eine anstecken. Husten, wie viele Anfänger, musste ich nie, aber einen besonderen Geschmack am Tabakgenuss habe ich nicht gefunden. Eine Zeit lang trug ich also die schönen Gegenstände mit den Glimmstängeln in der Rocktasche bei mir, doch dann gab ich es auf. Als Lehrer wollte ich unter Kollegen nicht mit solchen Dingen auffallen. Wo das Zeug heute ist? Das weiß ich nicht genau, ich müsste mal nachsehen, wahrscheinlich in der unteren Schublade links in meinem Schreibtisch, in der Andenken und alte Briefe lagern.

Dies als Vorspann, um auf den Mann zu kommen, der im Meer schwimmend geraucht hat. Nie weiß man im Leben, was weshalb aufeinanderfolgt. Gescheite Leute haben aus solchem Geschehen Algorithmen gemacht, sie wissen, wann es an Börsen wie weitergeht und verdienen sich damit goldene Nasen, aber dass ich davon nichts verstehe, habe ich ja schon gebeichtet. Allerdings ist es wichtig, was danach mit mir, mit uns geschah …

Es war ein gemütliches Hinüberschwimmen zur Insel Brač. Meine Frau hatte es sich am großen Sandstrand auf einem Liegestuhl unter einem Sonnenschirm bequem eingerichtet, ich wollte einfach hinüber und bis Mittag wieder zurück sein. So früh gab es noch nicht viele Badegäste, aber da und dort waren schon große Handtücher ausgebreitet, man hatte seine Plätzchen reserviert.

Ich hielt nach Delfinen Ausschau, keiner war in Sicht, Möwen auch nicht – streikten die kleinen Fische, die sie sonst anlockten? Etwas Seltsames erregte jedoch meine Aufmerksamkeit. Ich traute meinen Augen nicht. Da schwamm einer in Rückenlage und rauchte eine Zigarette. Kleine Rauchkringel stiegen zum Himmel hinauf, der von hellerem Blau war als das Wasser.

Das ist doch unmöglich, dachte ich. Rauchen und schwimmen ist unvereinbar. Nicht nur, weil das Rauchen der Lunge schadet. Das auch. Die Lunge braucht man, um richtig zu atmen beim Schwimmen. Aber Feuer und Wasser? Ich musste doch nachsehen, was da los war, halluzinierte ich?

Indiskret kam ich ganz nahe an einen dicken, haarigen Bauch heran, der aus dem Wasser ragte, hinter ihm ein Kopf mit grellroter Schwimmhaube, darunter eine große Nase, ein elegant geschnittener Schnurrbart à la Clark Gable und eine Zigarette waagrecht im Mund, manchmal nahm er sie mit der linken Hand aus dem Mund und paffte bläulich-grauen Rauch in winzigen Ringen in die Luft.

»Darf ich Sie später am Strand befragen, wie Sie das machen, ich meine das Rauchen?«

Die Schwimmhaube nickte.

Ich kehrte um. Als ich mich neben meiner Frau auf ein Handtuch legte, fragte sie besorgt:

»Ist dir unwohl?«

»Nein, wieso?«

»Weil du so schnell zurückgekommen ist. Das sieht dir gar nicht ähnlich …

»Dort draußen raucht ein Schwimmer!«

Eine abwertende Handbewegung. Fand sie nichts Ungewöhnliches dabei? Es interessierte sie einfach nicht. Also ging ich zu dem Mann, er lag inzwischen bequem auf einem großen bunten Badetuch, die Hände hinter dem Kopf verschränkt, sein mächtiger Bauch schien mir braun gebrannt nicht so abweisend wie aus dem Wasser ragend.

»Ihr Nicken im Wasser habe ich so gedeutet, dass Sie nichts dagegen hätten, wenn ich Sie anspreche. Mein Name ist Aaron Kukanić.«

»Mach doch keine solchen Umstände, Mensch. Wir sind ja beide fast nackt. Was willst du? Setz dich oder kauere dich hin und schieß los. Wenn du willst, kannst du mich Greg nennen …«

Ich mag keine Intimitäten, schon gar nicht von unsympathischen Unbekannten. Ich hätte mich mit kurzem Dank einfach entfernen sollen, habe es jedoch nicht getan. Leider. Ich war zu neugierig. Zu sehr erpicht darauf, alles zu verstehen, was mit dem Schwimmen im Meer zu tun hat.

»Warum rauchen Sie beim Schwimmen, und vor allem: Wie machen Sie das? Das ist doch eigentlich unmöglich. Abgesehen davon, dass Zigaretten überall ungesund sind.«

»Ja, ja, habe ich schon gehört, mit solchen guten Ratschlägen wird man immer überschüttet, aber ungesünder als das Rauchen ist das Leben, vom Tabak kriegt man vielleicht Krebs, das Leben endet immer mit dem Tod. Warum ich rauche? Na weil es mir Spaß macht. Beides. Das kühle, salzige Nass genießen und ebenso den Tabak. Ist er ein Rauschgift? Ja, natürlich. Umso besser. Jede Art von Rauschgift ist ein wichtiges Handelsobjekt, eine Ware, lieber Freund, sowohl für die Konsumenten als auch für die Hersteller und Dealer. Tabak, Heroin. Genauso wie Wein oder, meinetwegen, Honig, Mais und Äpfel …«

»Mag ja sein …«, schüttelte ich den Kopf. War der Mann redselig!

»Mögen oder nicht, es ist einfach so, Bruderherz: Man soll das Leben nicht nach Jahren messen, sondern nach gelungenen Hormonausschüttungen. Das ist doch die Wortwahl der Siebenmalgescheiten, wie du einer zu sein scheinst, oder nicht?«

Gut. Ich setzte mich auf den heißen Sand, zuckte aber zusammen, als der Mann lachte und mir ein Handtuch reichte – er hatte mehrere dabei: »Setz dich drauf!«

»Danke. Nett. Also, Greg, Sie haben … du hast nicht gesagt, wie du das machst?«

»Ganz einfach. Schau mal her …« Er zeigte einen dunkelblauen Beutel, der neben ihm lag. »Ist wasserfest. Da tut man rein, was man nicht am Strand liegen lassen will, dafür ist das Ding gemacht. Geldbörse, Ausweise, Hotelschlüssel, aber man kann natürlich auch Zigaretten reintun. Und wenn man dick genug ist, geht man nicht gleich unter, wenn man auf dem Rücken liegt, man kann sogar mit den Händen fuchteln, ein Sandwich essen, in einen Apfel beißen, das machen doch die Langstreckenschwimmer, nicht wahr?«

»Ich glaube nicht, dass sie das tun. Vielleicht meinst du Extremschwimmer, wie der, der den Atlantik schwimmend bewältigt hat …«

»Ja, vielleicht. Egal, du verstehst schon, was ich gemeint habe.«

»Ja. Aber trotzdem. Steigst du rauchend ins Wasser …«

»Nee. Ich zünde mir einen Glimmstängel an, wann immer es mir einfällt. Ich verwende selbstzündende Zigaretten. Ich zeige dir, wie man das macht …« Und schon holte er so eine aus einem Päckchen. »Man muss sie nur an dieser Fläche der Schachtel reiben. So.« Er zündete eine an und steckte sie gleich in den Mund. Zog daran, löschte sie im Sand aus. »Lass uns doch am Abend gemeinsam etwas trinken. Ich wohne im Hotel, habe kein eigenes Häuschen wie du.«

Woher wusste er das? Hatte er sich schon vorher nach mir erkundigt?

»Meine Frau ist auch da …«, wehrte ich ab.

»Bring sie mit. Glaubst du, ich bin ohne eine Puppe auf Sommerfrische?«

Wieder hätte ich Nein sagen können. Habe ich aber nicht.

Die »Puppe« war hübsch, so angezogen, besser gesagt ausgezogen und geschminkt, dass meine Milanka ein Nasenrümpfen gar nicht verbergen wollte. Sich den Puppennamen zu merken, war überflüssig, denn die Mädchen an Gregs Seite wechselten mit jeder Begegnung. Ja, das kann ich schon verraten, es gab noch weitere Begegnungen mit diesem undurchsichtigen Mann, und wieder muss ich hinzufügen: Leider! Aber auch: Wie gut! Einmal würde mir die Verbindung mit ihm eine echte Wohltat werden, aber diese Art von Lebensrettung habe ich überhaupt nicht geahnt, schon gar nicht angestrebt.

Greg war im Hotel als Grigorije Bamski, Pharmazeut aus Tetovo, eingetragen. Außerhalb Jugoslawiens nannte er sich Gregor Green und benützte einen griechischen Reisepass. Er gab mir eine Visitenkarte, auf der einen Seite stand der eine Name mit Adresse in der mazedonischen Stadt, auf der anderen der andere mit Adresse in Athen, dass er beide trug, verheimlichte er also gar nicht. Interessant. Auf seine Bitte hin diktierte ich ihm meine Telefonnummer, was mir einen strafenden Blick Milankas eintrug.

»Ich bin häufig in Belgrad, ich rufe euch an, wenn ich da bin, dann würde ich euch gerne einladen …«

Milanka wollte seinetwegen später, dass ich die Telefonnummer ändere. Das lehnte ich energisch ab.

»So einer würde uns so oder so finden.«

Ja, ich bin ein neugieriger Mensch. Irgendetwas wollte er von mir. Aber was? Im Winter, wenn Schwimmen im Meer nicht möglich war, war mir, wie erwähnt, oft langweilig.

Vor allem zu Hause. Und mit den Kollegen erst recht. Worüber sollte ich reden, außer darüber, was morgen auf den Tisch kommen sollte, ich, der gute Einkäufer. Im Gymnasium gab es sowieso nichts Aufregendes. Schularbeiten ging ich pflichtgemäß durch, aber keine begeisterte mich. Gab es keine begabten Schüler mehr? Das war nicht sehr wahrscheinlich. Der Enthusiasmus, Talente zu entdecken, war mir verloren gegangen. Und von Jahr zu Jahr dieselbe Grammatik einpauken, den jungen Menschen in den Kopf trichtern, egal, welchen Beruf sie einmal ergreifen würden, damit sie ihre Muttersprache anständig beherrschten, sonst würden sie nie Fremdsprachen bewältigen können.

Ich glaube, Latein als Grundsprache fehlte uns. Mir ja auch. Ich hatte nur etwas Latein in der Schule gehabt. Natürlich hätte ich es nachträglich lernen können, hatte aber keine Zeit, ich musste ja schwimmen. Wenigstens im Winter? Nun, mir die Langeweile mit Latein zu vertreiben, schien mir nicht das Richtige. Mortifer taedium nennt man tödliche Langweile in dieser klassischen Sprache. Klingt doch gut.

Früher war ich begeistert von den Autoren, deren Werke ich den jungen Leuten eintrichtern sollte. Neues, Interessantes zu finden war schön, mitunter fast ein Abenteuer – aber von Jahr zu Jahr dieselben Dichter! Es war am bequemsten, sich an die Vorgaben des Lehrplans zu halten, obwohl es uns freigestanden wäre, den Lesestoff nach eigenem Gutdünken zu erweitern.

Meine Schüler waren auch weiterhin sehr zufrieden mit mir,

weil ich mein Wort gehalten habe, niemanden durchfallen zu lassen. Sie lobten mich bei den Eltern, die gaben die Anerkennung an den Direktor weiter. Und der war dann auch froh, brummte nur noch selten:

»Sie haben das Zeug zu einer Universitätskarriere, Kollege, aber Sie sind zu wenig ehrgeizig. Schade, schade. Und die Zeit vergeht, tempora mutantur, nos et mutamur in illis.«

Der Direktor hatte wohl noch ordentlich Latein gelernt, vielleicht auch Altgriechisch. Und was hatte er davon?

»Wie recht Sie haben, Herr Direktor«, sagte ich. »Mich rettet meine Schwimmerei. Die Ozeane und der Planet Erde sind zwar auch vergänglich, aber aus unserer bescheidenen Sicht doch ewig.«

Der Direktor winkte ab. Auch er war müde. Langweilte er sich auch?

»Professor Kukanić, der Direktor lässt bitten!«

Aaron wunderte sich. Nie bisher hatte der Chef so offiziell nach ihm rufen lassen, normalerweise war er, wenn auch immer seltener, schulterklopfend an ihn herangetreten, um ihn zu sich ins Büro zu bitten.

Neben dem Direktor stand ein jüngerer Mann mit Glatze in auffallend gutem Anzug und Seidenkrawatte um den mageren langen Hals.

»Ich wollte Sie beide miteinander bekannt machen, so unter uns. Genosse Petrović ist mein Nachfolger, ich gehe endlich, endlich in den Ruhestand. In den wohlverdienten, sagt man, ich glaube, in meinem Fall trifft das zu. Professor Kukanić, von dem ich Ihnen ja erzählt habe, ist einer der Besten unseres Kollegiums …«

Die gereichte Hand war weich und drückte nicht zu.

»Aber, bitte, setzen wir uns doch …«

Die Sekretärin kam mit dem Kaffee. In Serbien ist es unhöflich, eigentlich unvorstellbar, Platz zu nehmen, ohne Kaffee zu trinken, Schnaps muss nicht unbedingt dazu gereicht werden, in einer Schule schon gar nicht.

»Kollege Petrović war Lektor für Serbische Philologie an der Universität in Oslo, danach in Paris, er ist wohl ein wenig aus der Übung, was den Schulbetrieb angeht, Sie werden ihm unter die Arme greifen müssen …«

»Ich bitte sehr darum«, sagte der Neuling nicht gerade überzeugend. »Ich hoffe es jedenfalls. Freilich habe ich im Ausland auch etwas von einer neueren Pädagogik und Didaktik mitbekommen. Stillstand gibt es nicht, nur Fortschritt oder den

Rückfall in längst Überwundenes. Es ist wie beim Radfahren, wenn man aufhört, in die Pedale zu treten, fällt man um.« Nachdem weder der Direktor noch Aaron etwas darauf sagten, fuhr er fort: »Was ist Ihre Meinung, Kollege … Kollege Kukanić? Seltsamer Name. War das früher Kohn?«

Aaron blickte auf. Was sollte das?

»Ja. Den Namen hat noch mein Großvater geändert, da war ich noch gar nicht geboren. Die meisten Leute in der Vojvodina haben in Österreich-Ungarn ihre Nachnamen magyarisiert, aber Opa war vor allem mit Serben befreundet und wollte ein Zeichen setzen …«

»Sie müssen Schreckliches erlebt haben, aber was sagen Sie zu meiner Theorie über den notwendigen Fortschritt?«

»Klingt gut, aber Sie werden uns als Direktor noch erklären müssen, was Sie konkret im Rahmen unserer Unterrichtstätigkeit erneuern wollen. Für mein Fach wird Ihnen das sicher leichter fallen als etwa bei Physik oder Chemie …«

»Oder gerade umgekehrt!«

»Noch einen Kaffee, Leute?« Der alte Direktor sah Wolken aufziehen und wollte einlenken.

»Ja, bitte, gerne«, sagte der Neue. »Schnaps haben Sie nicht?«

»Nein! Doch nicht in einer Schule!«

»Ich vertrage nicht so viel Kaffee, mir nichts mehr«, wehrte Aaron ab.

»Wie ich höre, leben Sie sehr gesund.« Petrović ließ nicht ab von ihm. »Ein Haus am Meer haben Sie auch, Sie Glückspilz.«

Aaron wusste schon, dass er es nicht leicht haben würde mit seinem neuen Vorgesetzten, der jünger war als er.

Die Gespräche bei Tisch mit Frau und Sohn fand er uninteressant. Er nahm daran teil, lächelte so freundlich, wie er konnte, tat liebevoll, wenn er seinen Sohn lobte oder tadelte, das war

Vaterpflicht, aber doch auch belanglos, er glaubte nicht, dass es nützte, das Kind war eigenwillig und das war gut so. Er tat betrübt, nicht zornig, wenn er unzufrieden war, das war jedoch alles, Erziehung pur, kein echtes Mitgefühl. Bei Tisch zu schweigen, als wäre man verkracht, kam nicht infrage, solche Konflikte gab es in der Familie einfach nicht.

Es schien ihm unendlich kompliziert, die Sprache zu analysieren. Deshalb sollte man es vermutlich unterlassen. Man sollte einfach, wie es früher so schön hieß, quatschen, wie einem der Schnabel gewachsen ist. Es fiel ihm auf Anhieb nichts Gescheites ein, außer zu schwimmen. Im Meer natürlich. Was sonst hätte für ihn sinnvoll sein können? Wobei schüttete sein Gehirn Glückshormone aus? Kurzfristig beim Geschlechtsverkehr. Das schon. Nicht immer, mit seiner Frau immer seltener. Bei Himbeeren am Beginn der Saison. Bei einem guten Stück Fleisch.

Sein Unterricht, das Abprüfen der Schüler, das lief alles wie nebenbei ab, verlangte ihm keine besondere Mühe ab. Belanglos waren die Gespräche mit den Kollegen über das Wetter, über Fußball, das Ministerium, das natürlich schlecht war, egal, wer regierte, das die Lehrer viel zu schlecht entlohnte, eine Schande, nicht wahr? Es galt, ab und zu ein Wort einzuwerfen, um zu zeigen, dass man dazugehörte. Eines Tages jedoch sprach ihn der Geografielehrer an, der auch Stellvertreter des Direktors war. Er war eigentlich ausgebildeter Volkswirt, hatte jedoch in der Handelsschule keine Anstellung bekommen:

»Ich höre, Sie lieben das Wasser, Herr Kollege. Ich auch, ich gehe jedes Wochenende angeln. Es gibt zahllose herrliche Möglichkeiten dafür rund um Belgrad. Kommen Sie doch einmal mit!«

»Ist es nicht schrecklich langweilig, nur dazusitzen, stumm wie die Fische, die Sie fangen wollen?«

»Keineswegs. Man muss mit den Fischen reden, ihnen Komplimente machen, dann werden sie neugierig, fast glaubt man, sie antworten zu hören, jedenfalls gehen sie dann lieber ins Netz oder beißen an … So wie Frauen, wenn man liebevoll mit ihnen wispert.«

Aaron horchte auf. Der Mann sprach doch eine interessantere, anregendere Sprache als die anderen Lehrer.

»Wenn Sie so freundlich sind und mich tatsächlich einmal mitnehmen …«

In letzter Zeit beunruhigten ihn seine Selbstgespräche ein wenig, er fragte sich, ob er allmählich verrückt wurde, ver-rückt aus dieser Welt des Festlands anderswohin. Wohin? Früher war ihm das nicht aufgefallen, jetzt ärgerte er sich, wenn er sich selber ermunterte, warnte, erinnerte, oft auch noch im Plural. Zum Beispiel vor dem Haustor: »Wir haben wieder einmal fast vergessen, dass wir versprochen haben, Brot zu kaufen.« Wir, nicht ich. Aber um Himmels willen nicht laut! Zu Hause, halblaut die Hausaufgaben durchblätternd: »Wieder nichts Anständiges dabei, früher haben die jungen Leute besser geschrieben …« Und wenn die Frau aus dem Nachbarzimmer doch etwas gehört hatte und rief: »Was hast du gesagt, Liebling?«, brummte er verstört: »Ach, nichts …«

Sprache sollte doch der Kommunikation mit anderen Menschen dienen, nicht der Eigenkommunikation. Waren Selbstgespräche nicht geistige Onanie? Die war zu früheren Zeiten streng verpönt gewesen, inzwischen längst nicht mehr, konnte das auch mit Selbstgesprächen so sein? Waren sie gar gesund? Jetzt ganz besonders, da er schon alt geworden war, nun, keineswegs ein Greis, Gott behüte, das nicht, aber immerhin, ein Mann in den besten Jahren, mitten in der Midlife-Crisis oder vielleicht gar schon über sie hinaus.

Aaron wusste nicht, noch nicht, dass sechsundneunzig Prozent der erwachsenen Menschen Selbstgespräche führen, dass damit Gedanken gefestigt werden, Stress abgebaut wird. Moment! Gedanken? Kann man überhaupt ohne Worte nachdenken? Die Sprache gibt es erst seit etwa zweihunderttausend Jahren, schon viel früher haben Urmenschen gemeinschaftlich Werkzeuge und Waffen gebaut, gejagt … Wie haben die sich verständigt? »Nimm das Mammut von links, ich greife es von rechts an …«?

In der Bibel steht, dass am Anfang das Wort gewesen sei. Das stimmt zwar nicht, aber steht es einem Juden zu, darauf hinzuweisen, dass sie häufig irrt? Die Bewegung, das Handzeichen, die Grimasse, der Tanz sind älter, viel, viel älter. Wenn also Gott das Wort sein wollte, gab er damit nicht zu, dass bereits vor seinem Auftritt einiges geschehen ist?

Auch heutzutage besagt ein freundlich wedelnder oder wütend eingezogener Hundeschwanz mehr als manche liebevollen oder zornigen Worte. Die Kunst kommt auch ohne Worte aus. Rodin, Picasso, das Lächeln der Mona Lisa sind doch wundervolle Gedichte ohne Worte, ohne Sprache. Da muss der Sprachwissenschaftler seine Kollegen die Kunsthistoriker hinzuziehen. Wäre das nicht etwas für ihn, überlegte Aaron? Ja, studieren, Seminare besuchen, nicht mehr den sinnlosen Gesprächen, die sein Leben ausfüllten, ausgeliefert sein. War das Schwimmen im Meer nur ein Ersatz?

Der Geografielehrer Janko Ried war zwar auch nur ein kleiner Ersatz für höhere Gedanken, aber Aaron ließ sich an einem klaren, noch immer recht warmen Novembermorgen von Ried in seinem Jeep zum Angeln abholen. Es ging in das Pančevo-Ried, das waren Tümpel, Kanäle, Bäche, Schilf, eine Brutstätte von Störchen, Reihern und anderen Vögeln, Fröschen und Reptilien aller Art. Und von Fischen. Ein Mann in grüner Uniform hielt sie auf, Janko zückte seinen Angelschein, aber der Jagdhüter winkte schon ab:

»Tschuldigung, habe Sie nicht gleich erkannt.«

»Für mich ist der Wagen neu, habe ihn eben gekauft, war jedoch schon uralt …«

»Braucht man da eine Bewilligung?«, fragte Aaron.

»Ordnung muss sein. Dieses Ried umfasst fast vierzigtausend Hektar. Es wird viel gewildert. Leider auch mit Handgranaten …«

»Wie bitte?«

»Man wirft sie entsichert ins Wasser, wo sie explodieren, dabei werden Dutzende von Fischen getötet und die Idioten holen sich zwei oder drei davon heraus. Und es wird immer schlimmer.«

Die morastigen Pfade waren tatsächlich nur mit einem Geländewagen zu bewältigen. Sie erreichten eine Hütte:

»Ist das Ihre? …«

»Ja. Aber jetzt trinken wir erst einmal Bruderschaft, damit wir nicht ständig Herr Kollege oder lieber Genosse sagen müssen.«

Es schenkte zwei kleine Gläser mit Maulbeerschnaps ein.

»Früher war das ein Armeleutegesöff, Fusel, heute ist er eine Seltenheit, eine Delikatesse. Es gibt ja kaum noch Maulbeerbäume, weil niemand mehr Seidenraupen braucht, die die Blätter der weißen Maulbeerbäume bevorzugen, aber seit Rohseide so billig geworden ist … Als Kind habe ich noch die Beeren aus dem Staub geklaubt und genascht …«

»Das haben wir alle …«

Aber der Mann ließ sich nicht stören, sondern setzte seinen Bericht fort: »Hier in diesen Kanälen leben Dutzende von Fischarten, so viele wie nirgends sonst in Europa auf so kleinem Raum, vielleicht gibt es im Amazonas eine ähnliche Vielfalt, aber der ist weit weg. Wir haben Silberkarausche, Sterlets, Zander, Hechte, Welse – der Wels wird hier nicht zu groß, gerade portionsgerecht, nicht wie in der Theiss, wo Exemplare von über zwei Metern Länge gefangen werden, aber die interessieren mich nicht …«

»Die reinste Fischkunde!«

»In erster Linie ist es ein Sport, dann sind es gute Mahlzeiten.«

Sie stießen an und tranken ihre Schnapsgläser ex. Jetzt waren sie Janko und Aaron, dann setzten sie sich in ein Boot und schwiegen, bis die Angeln ausgeworfen waren, dann sprach Janko über das Wasser: »Schön anbeißen, ich liebe dich doch. Du mich nicht. Na siehst du. Ich werde dich aufmerksam braten und mein neuer Freund und ich werden dich essen, dann bist du ein Teil von uns … Nein, dich mag ich noch nicht, du bist zu klein, schön weiterwachsen … Wo seid ihr? Ich warte? Wolltet ihr eurem Mitfisch nicht Gesellschaft leisten …«

Aaron hielt durch. Ja, es gab hier viele Vögel, aber keine Möwen. Die kreischten in Belgrad über der Donau herumschwirrend, aber hierher verirrten sie sich nicht. Nein, so ein Wasser war nichts für ihn. Holzplanken zwischen ihm und dem Nass. Oder vom Ufer aus das träge, trübe Wasser beobachten. Es würde sein einziger Angelausflug mit Janko bleiben, er würde nie mehr mitkommen.

Als er ihm erzählte, dass er in der folgenden Woche zu einem Slawisten-Kongress nach Oslo reisen würde, bat ihn Janko, einige sehr spezielle Angelhaken von dort mitzubringen, die er ihm in einem Katalog zeigte, und so blieben sie Freunde und schwiegen einander fortan im Lehrerzimmer sitzend einmütig an.

»Meine Tümmler werden sich freuen …«, murmelte Aaron.

»Was sagst du?«

»Ach nichts, ich werde mit den Delfinen reden, wie du mit deinen Karpfen und Hechten, aber aufessen werde ich sie gewiss nicht … Sie mich natürlich auch nicht, sie sind ja keine Haifische. Kann man mit Haien reden, was meinst du?«

»Konnte man mit den Nazischergen reden?«

Als ihn seine Frau beim Abendessen gefragt hatte, wie der Angelausflug gewesen sei, meinte er, für ihn sei das nichts, so wie das Schwimmen für Herrn Ried nichts sei, und nachdenklich fügte er hinzu:

»Chacun à son goût!«

»Was bedeutet das?«

»Das ist aus einer Operette. Es ist französisch, heißt ein jeder nach seinem eigenem Geschmack. Man könnte auch sagen, jedem Tierchen sein Pläsierchen.«

Milanka machte ein gelangweiltes Gesicht und schnell fügte er hinzu: »Wenn dieses Stück, die Fledermaus, das nächste Mal auf dem Spielplan steht, gehen wir und sehen es uns an.«

Aaron wollte mit diesen Süßwasserfischen nichts mehr zu tun haben, nur einmal noch gelang es Janko, ihn an einem Wochenende zum »Fischfest« am Saveufer zu schleppen. Zu Milanka sagte er nachher:

»Das heute war dreimal auf einmal: zum ersten, zum einzigen und zum letzten Mal.«

Dabei war es gar nicht so schlimm gewesen. In Dutzenden von Kesseln wurde scharfe Fischsuppe oder Fischpaprikasch gekocht. Für jedes Gericht wurden mindestens vier Fischsorten genutzt, das Geheimnis lag in der Mischung der Gewürze, trotz der Schärfe sollte man Feinheiten herausspüren.

Ich musste aus einem Dutzend Kesseln je einige Löffel kosten, scharf, sehr scharf – mir schien alles ziemlich gleich. Eine Jury konnte offensichtlich relevante Unterschiede ausmachen und verteilte am Ende Preise. Im Restaurant *Zum alten Schleppkahn* aßen wir dann in Ruhe eine große Portion mit viel Weißbrot und einem herben Wein aus der Gegend.

Meine Heimatstadt liegt im Banat und da gibt es einen Spruch: »Geflügel ist fein, richtig gut nur das Schwein.« Ich füge hinzu: »Fische werden nicht einmal erwähnt.« Gott hatte ja freilich auch keine Fische erwähnt, als er Noah befahl, von jeder Tier- und Vogelart je ein Paar in seine Arche aufzunehmen. Sie womöglich in feinen Aquarien vor der Sintflut zu retten, das wäre selbst für die Fantasie der Bibelautoren zu viel gewesen. Die Fische haben es ja im Laufe des Beinahe-Untergangs der Menschheit gut gehabt, die Welt gehörte ihnen, Wasser überall, sie konnten wunderbar tollen, sich vermehren, einander auffressen. So ist es bei jeder Katastrophe, die meisten leiden, einige wenige vermehren ihren Reichtum.

Allerdings gab es in dieser Zwischenzeit auf Erden keine Möwen, um kreischend über das Himmlische zu berichten. Und keine Schwalben, Spatzen, Spechte, Reiher, Störche, Steinadler. Als Erste meldeten sich bekanntlich die Tauben wieder. Man liebt sie als Friedenssymbol, aber wenn man sie aus der Nähe sieht, erschrickt man vor ihrem Raubvogelschnabel. Auch liebe Menschen entpuppen sich mitunter als Raubtiere, wenn man ihnen zu nahe kommt.

Selten gab es zu Hause, ob in Belgrad oder in Omiš, etwas anderes als unser ewig gleiches Frühstück: Ei, Butter, Schinken, Salami, ich nahm Tee, Milanka, was wir »weißen Kaffee« nannten, halb Kaffee, halb Milch, der Sohn Kakao. Wenn ich meiner Frau vorgeschlagen hätte, etwas anderes zu machen, dann hätte sie es vermutlich gerne getan, wahrscheinlich hätte sie sich sogar gefreut, in Kochbüchern nachgeschlagen, Nachbarinnen befragt. Oft hat sie mir vorgeworfen, ich würde es ihren Kochkünsten und ihrer Haushaltsführung gegenüber an Wertschätzung fehlen lassen, dabei sei sie genauso berufstätig wie ich. Aber ich hatte einfach keine Lust, irgendetwas gegen die Eintönigkeit zu tun, unter der ich litt. Litt ich? Oder habe ich mich masochistisch in meiner Unzufriedenheit zufrieden gefühlt?

Wenn wir am Meer waren, war es nur insofern anders, als wir statt des Kochschinkens, den wir oben im Norden als Prager Schinken verehrten, dalmatinischen Prosciutto zum Frühstück aßen. Viele Leute kaufen sich gerne ein ganzes, mehrere Kilo schweres Schinkenbein, von dem, in einen entsprechenden Ständer gespannt, mit einem scharfen Spezialmesser mit schmaler Klinge möglichst dünne Scheiben kunstvoll aufgeschnitten werden. Wenn man den Schinken im Laufe der Saison nicht verzehrt, kann man ihn getrost in einer kühlen Kammer oder auf dem Dachboden bis zum nächsten Jahr stehen lassen. Er reift so weiter, braucht keinen Kühlschrank, wird sogar noch besser schmecken, falls niemand eingebrochen ist und ihn gestohlen hat. Aber Einbrüche waren in kleinen Gemeinden wie Omiš früher undenkbar, die Leute kannten einander, Fremde wurden kritisch beobachtet – aber in der Zwischenzeit ist nichts mehr unmöglich.

Obwohl ich das Prosciuttoschneiden lernen könnte, kann ich es mir schlecht vorstellen. Selbst eine Glühbirne auszuwechseln ist für mich eine verhasste Angelegenheit. Meine Hände und Arme gebrauche ich gerne um zu schwimmen, natürlich, nicht in Flüssen, Kanälen, im Ried oder gar in Pools, nein, nur im Meer – aber für Handwerkliches? Sorry, das ist nichts für mich. Apropos, warum dürfen nur Schiffe »in See stechen«, gleichen unsere menschlichen Bewegungen nicht eher einem Stechen in die See, als wenn ein großes Boot seinen Anker lichtet und lostutet?

Ich war froh, dass Petar, unser Sohn, je älter er wurde, immer mehr dieser handwerklichen Aufgaben im Haushalt übernahm, obwohl er sonst eher ein Faulpelz war.

Für den Mittagstisch in Omiš zauberte Milanka immer nur etwas Einfaches auf den Tisch, so richtig essen gingen wir abends in eines der vielen kleinen Grillrestaurants. Petar pflegte dort eine Menge Fleisch in sich hineinzustopfen und dann so rasch wie möglich zu verschwinden. Gar nicht nett.

Warum das so war, begriff ich, als er ein französisches Mädchen mitbrachte, das er beim Tanzen aufgegabelt hatte. Sie stellte sich als Anette vor, meinen Sohn nannte sie Pet, er sie En … Nun, was sollte ich dazu sagen? Es war also so weit. Das war nichts Besonderes. Ich war ja Gymnasiallehrer, ich wusste genug über die jungen Leute seiner Generation. Mehr irritierte mich die Frage, wie er es mit Drogen hielt. Die meisten jungen Leute kifften. Ich ahnte, dass ich mehr über »die Generation« wusste als konkret über ihn, meinen Sohn. Seine Kameraden nannten ihn Pera. Das ist der gängige serbische Spitzname für Petar. Ist nomen omen, wie es der Spruch behauptet? Als ich dem Vorschlag Milankas, ihn Petar zu nennen, zustimmte – wir leben ja in Serbien, zu unserem Nachnamen sollte etwas Serbisches passen –, hatte ich nicht an den Apostel Simon, den der Herr seinen Fels, Petrus, genannt hat, gedacht, nicht an den Hahn, der dessen Verrat markierte, obwohl er später die Schlüssel bekommen hat, über uns zu richten. Der heilige Petrus, nicht der Hahn. So erzählt es die Bibel. Zur Zeit der Herrschaft der Kommunisten war es verpönt, aus ihr zu zitieren, Religion galt ja als »Opium für das Volk«. Später kam sie wieder in Mode. Leute, die vorher so getan hatten, als verachteten sie Christen, schworen jetzt auf den »heiligen prawoslawischen Glauben«. Sie gaben vor, die Heilige Schrift zu verehren, freilich ohne sie zu lesen, verstanden hätten sie ohnehin kaum etwas davon. Die Popen bei uns schätzten es nicht, dass die Leute zu viel nachdachten. Wenn Schafe nachdenken könnten, hätten es die Hirten schwerer. Für mich war die Bibel ein Bestseller, ein Buch, das man unbedingt studieren sollte – freilich mit Skepsis gegenüber den verschiedenen Übersetzungen.

Wieder sind meine Gedanken vom Thema abgeschweift, weggeschwommen, ich wollte ja über meinen Sohn nachdenken. Es stellte sich bald heraus, dass die hübsche En gar keine Französin war, wenn auch in Paris geboren, wo ihre Eltern gastarbeiteten. Dieses Verbum gibt es so nicht? Dann muss man es schaffen. Die Sprache lebt.

Wenn ich vom Meer spreche, klingt es unbestimmt, irgendwie geschlechtslos. Aber wenn ich mich schwimmend der Unendlichkeit des Meeres ergebe, dann ist es für mich die See, feminin, zärtlich und schrecklich zugleich, auch erotisch, ja. Nicht die Eva aus der Bibel, sondern die ältere, Lilith.

Ich konnte und kann gut nachdenken, wenn ich schwimme oder mich im blauen Wasser treiben lasse, wenn Windstille herrscht, nichts stört. Hinaufschauen. Die Wolken betrachten. Die Gedanken treiben wie die Wolken oben bei mäßigem Wind. Das habe ich öfter festgestellt. Und weiter darüber? Im Himmel? Den gibt es nicht. Diese blaue Kuppel, die wir zu sehen meinen, ist eine Täuschung. Sorry, sie existiert nicht.

Es ist nicht zu analysieren, dieses Gewölbe. Das Wasser schon. H_2O denkt man. Doch das stimmt nicht ganz. Zum Meerwasser gehören ebenso Natriumchlorid, Sulfat, Magnesium, Gott weiß in wie viel Prozentchen dazu. Und das dort oben, die undurchschaubare Dunkelheit, in der keine Sterne mehr flimmern, was wir das Weltall nennen, was ja auch nicht richtig ist, denn zum Weltall gehört alles, alles, ebenso die Sandkörnchen an unserem Ufer, die Mohnblumen auf unseren Feldern im Banat und … Sprachwerker, bleib bei deinem Leisten.

Aber Weltall ist immerhin ein schönes Wort, eine gelungene Übersetzung für Universum. Das betrifft mich beruflich. Oder nicht?

Langsam bildete sich in Omiš so etwas wie eine Alltagsroutine für mich heraus. Von Omiš nach Brač schwimmen, dort im Gasthaus den Kaffee nehmen, eventuell einen dalmatinischen Grappa, die Lozovaca, trinken, am Ende des Monats einmal mit Milanka im Boot hinübersetzen, um Fisch und Miesmuscheln à la Buzara zu essen, natürlich mit viel Weißwein begleitet, am besten im Badeanzug genossen, damit der Sud aus Zwiebeln, Knoblauch, Tomaten und Weißwein an der Brust hinunterfließen kann, wie er will und man nicht auf frische Hemden und Blusen aufpassen muss. Es wurde zur fixen Gewohnheit. Der Wirt begrüßte uns schon mit den Worten »Wie immer?«, die ich jedes Mal bestätige: »Aber ja, mein Freund«. Es war bald wie das Frühstücksei in Belgrad. Eintönig. Zu sagen hatten wir einander ja nichts mehr. Nichts Neues mehr.

Wie schön wäre es gewesen, irgendwo, weiter weg, schwimmen zu können, wo nicht wie hier eine große Insel im Wege war. Hätten wir das blöde Haus nicht gekauft, hätten wir jeden Sommer woandershin fahren können, wo neue Abenteuer in der Weite des Meeres lockten. Ägypten, Tunesien, die Türkei.

Nichts allzu Teures. Überall gab es Badestrände. Leisten konnten wir es uns ja.

Rekorde zu schwimmen war für mich eigentlich kein Thema, noch nicht … Hätte ich vorschlagen sollen, das Haus zu verkaufen, um mehr Freiheit zu gewinnen? Das wäre sicher sogar mit gutem Gewinn möglich gewesen. Als ich das aber einmal nur andeutungsweise erwähnte, entgegnete Milanka erwartungsgemäß:

»Es war doch deine Idee, es zu kaufen, ich war mit unserem Kurort in den serbischen Bergen ganz zufrieden. Aber inzwischen haben wir uns hier so gut eingelebt …«

Da konnte ich nicht sagen, dass mir ausgerechnet dieses »Gut-Eingelebtsein« zum Kotzen war.

Konnten Gespräche mit Meerestieren eine Abwechslung sein? Aufregend? Anregend? Natürlich wusste ich, dass ich mir nur einbildete, die Tiere verstünden mich. Es waren wieder Selbstgespräche. Und so sagte ich zu einem Delfin, der eines Tages, als ich wieder hinausgeschwommen war, plötzlich neben mir auftauchte:

»Du bist ein wackerer Kamerad, lieber Nachbar, sag einmal, ist dir nie langweilig?«

Das Tier sprang hoch aus dem Wasser, tauchte unter und verließ mich schnell schwimmend wieder: »Hast du nun eigentlich mit Ja oder mit Nein geantwortet, du Fisch, du dummer und stummer!«

Noch einmal sprang er aus dem Wasser und es schien mir, dass er antwortete: »Ich bin kein Fisch, dumm bist du, ein dummer Mensch, ich bin ein Säugetier wie du, nur schwimmen kann ich viel besser. Und ich bin nicht stumm, nur kannst du meine Sprache nicht verstehen. Ich aber verstehe dich, soweit mich interessiert, was du sagst. Die Möwen jedenfalls, mit denen lässt es sich gut plaudern, die haben dieselben Interessen wie ich …«

Recht hatte er. Über Möwen hatte ich mir bislang keine besonderen Gedanken gemacht, die waren hier ja so alltäglich wie die Spatzen in Belgrad oder Spatz Gotschko in Vrnjačka Banja, sie suchten das Meer nach kleinen Fischen ab, wühlten nicht in Staub und Kot, wie die herzigen kleinen grauen Vögel zu Hause, sondern tauchten, stürzten sich in die kühle See. Und sie hielten nach Fischernetzen Ausschau wie die Delfine, nur nicht, wie diese, um sich nicht darin zu verfangen und elend zugrunde zu gehen, sondern einfach auf der Suche nach Beute. Und »sie sehen alle aus, als ob sie Emma hießen«, wie Christian Morgenstern es ausdrückte.

War das soeben ein Selbstgespräch, habe ich mir die Antworten des Tümmlers nur eingebildet? Es ist wissenschaftlich bewiesen, dass diese Tiere intelligent sind und miteinander kommunizieren. Unsere Adriafischer hassten sie, weil sie ihnen die ausgeworfenen Netze zerfetzten und dabei großen Schaden anrichteten, aber ihnen etwas zuleide zu tun, wagten sie nicht, es sind ja fast mystische Wesen. So war das zumindest früher, habe ich mir sagen lassen. Jetzt seien die Netze so stark, dass sich die armen Säugetiere der Meeresunendlichkeit in ihnen verhedderten, nicht mehr auftauchen konnten, um Luft zu holen, und elend ertranken wie Menschen. Bringt das einen Fluch auf die Menschen? Rächt sich die Natur?

Wie auch immer, was mein kleines Privatleben und seine Eintönigkeit anging, sollte, musste etwas geschehen. Und es geschah. Die »Hilfe« kam von überraschender Seite. Dass es keine gute war, begriff ich ziemlich lange nicht. Der Delfin hatte recht gehabt, ich erwies mich als dummer Mensch.

»Was hältst du von unseren Hafenpolizisten?«, fragte ich meinen Tümmler. Sollte ich dem Tier einen Namen geben, um es netter ansprechen zu können?

»In diesem Welttheater spielt jeder die ihm zugeteilte Rolle«, glaubte ich sein Pfeifen zu verstehen.

Ich hatte sie alle kennengelernt, die Leute, die ihre Rollen spielten, auch die Zöllner, deren Aufgaben mehr theoretischer Natur waren, denn von Omiš aus fand kein internationaler Verkehr statt. Das waren Stipe, Tonči, Mate, mir gegenüber stets freundlich, zuvorkommend, man schätzte Menschen, die hier eine Zweitwohnung besaßen, auf Belgrader Tagestouristen war man weniger gut zu sprechen. Die zeigten zu oft ihre Unzufriedenheit mit diesem und jenem, meckerten besonders, wenn der Wind den unangenehmen Rauch der nahen Zementfabrik herbeiwehte, waren überheblich. Ich war im zweiten, dritten Jahr meines Aufenthalts schon ein angesehener Mitbürger, als Lehrer genoss man lange Ferien, ich konnte im Sommer bis zu drei Monate da sein, meist kam ich auch während der Winterferien. Mir war das Wasser selten zu kalt zum Schwimmen, aber selbst wenn die Temperatur des Meeres zu tief zum Schwimmen war, war die Luft unvergleichlich besser als in der verqualmten Hauptstadt. Die Bora fand ich nicht unangenehm, nicht einmal der Jugo – der Südwind – konnte mir die Laune verderben. Die braven Polizisten ließen sich am Abend, wenn sie in Zivilkleidung waren, gerne auf ein Glas Wein vom »Herrn Professor aus Belgrad« einladen und man befragte mich, wie die Schulen in Belgrad seien. Man schickte seine Kinder ins Gymnasium nach Split, aber wo sollten sie studieren, in Zagreb oder sei die Uni in der Hauptstadt vielversprechender? Die Polizisten dachten nicht daran, ihre Kinder Fischer oder Fischersfrauen werden zu lassen, und zur Polizei sollten sie schon gar nicht.

Ich hatte mir einen wasserdichten Beutel angeschafft, wie ich ihn bei Greg gesehen hatte. Einmal wöchentlich transportierte ich so das Geld für meinen Wirten auf die Insel hinüber und einen Fotoapparat.

»Ihre Jause?«, fragte Stipe, auf den Beutel deutend.

Ich begriff, es gab ja Schmuggler, so einen zu erwischen könnte einem kleinen Polizisten aus der Provinz durchaus eine Beförderung bringen, also öffnete ich das Ding und erzählte ihm, weshalb ich einmal wöchentlich die Tasche umschnallte.

»Um Himmels willen, Herr Professor, ich würde Sie doch

nie kontrollieren wollen, es war einfach Neugier, entschuldigen Sie …«

»Ist ja in Ordnung, Stipe, kein Problem.«

Tatsächlich ein Problem gab es allerdings, als er eines Tages früh am Morgen anklopfte. Er stand da in streng zugeknöpfter Uniform, salutierte und sprach in dienstlichem Ton, wie er ihn mir gegenüber zuvor nie angewendet hatte.

»Entschuldigen Sie die Störung, Herr Professor, aber in der letzten Nacht wurden Ihr Sohn, seine Freundin und weitere vier junge Personen auf der Insel Brač verhaftet. Bitte kommen Sie mit zur Wache, um Näheres zu erfahren.«

Ich zog mich schnell an.

»Was ist los?«, fragte Milanka schlaftrunken aus dem Schlafzimmer.

»Nichts Besonderes. Unser Freund Stipe will mit mir ein Problem besprechen …«

Die Polizei war von einem Hubschrauberpiloten benachrichtigt worden, dass auf der Insel Rauch aufstieg, man fürchtete einen Waldbrand. Sofort fuhr ein Schnellboot hinüber. Pet und seine Freunde hatten ein Lagerfeuer angezündet, waren dann betrunken und unter Drogen stehend eingeschlafen. Man fand Marihuana bei ihnen. Da die Menge relativ klein war, nahm die Polizei freundlicherweise an, dass es für den Eigenbedarf war und akzeptierte auch die Behauptung, einer von ihnen habe das Zeug von einem unbekannten Mann in Split auf der Riva, der Uferpromenade, gekauft, man habe es einmal versuchen wollen, und gerade weil es das erste, einzige Mal gewesen sei, habe man die Wirkung unterschätzt. Nie wieder, großes Ehrenwort!

Die Familien der jungen Leute waren der Polizei bekannt, man beschränkte sich also auf eine saftige Ordnungsstrafe und sah davon ab, Anzeige beim Kreisgericht zu erstatten. Petar würde man gegen Mittag freilassen. Stipe begleitete mich nach Hause und tröstete im privaten Tonfall:

»Es war also nur Neugier. Die quält mich ja auch zu oft, wie ich Ihnen erzählt habe und Sie sich bestimmt erinnern können. Meine sind erst dreizehn und neun, ich werde aber aufpassen müssen. Wir haben uns mit siebzehn, achtzehn zum ersten Mal besoffen …«

»Alkohol ist schlimmer als dieses Gras, Stipe …«

»Weiß ich ja, jetzt weiß ich es, aber solche Überlegungen haben wir früher nicht angestellt, es gab auch kaum Drogengesetze …«

In Dalmatien hob man das winterliche Regenwasser in Zisternen auf, um es auch im Sommer noch trinken zu können, aber der Geschmack war dann schal, also frischte man ihn mit etwas Rotwein auf. Es gab nun einmal viel mehr Wein als Wasser. Schon Kleinkinder bekamen mit Wein vermischtes Wasser zu trinken, eine Unsitte, die schwer abzustellen ist. Wasser in Flaschen ist für viele zu teuer, die verhärteten Menschen am Meer sind sparsam bis geizig, man weiß ja nie, was in den Netzen aus der Tiefe gezogen werden kann, nicht einmal, ob ein Morgen anbricht, an dem Frauen und Kinder vergeblich auf den Fischer warten, weil er sich seiner potenziellen Beute in der Tiefe zugesellt hat.

Auf dem Weg von der Polizeistube nach Hause sprach Aaron kein Wort mit seinem Sohn. Petar wunderte sich, wartete ab. Entschuldigungsworte hielt er für sinnlos. Die Schuld auf seine Kameraden schieben, die ihn überredet hätten? Das wäre schändlich gewesen. Die Mutter umarmte ihn schon im Vorzimmer weinend. Sie schluchzte, sagte aber auch nichts. Dann unterbrach Aaron die Szene mit ruhigen Worten:

»Komm jetzt in mein Arbeitszimmer.«

Jetzt also würde das Donnerwetter losgehen, es kam aber anders.

»Setz dich. Wenn ihr das Feuer gelöscht hättet, wäre euch die Polizei nie auf die Schliche gekommen. Das war ein großer Fehler. Einen Waldbrand auf einer Insel auszulösen, ist schlimm, sehr schlimm.«

Jetzt konnte man doch etwas einwenden: »Wegen des Kiffens schimpfst du nicht, Daddy?«

»Nein. Deine erste Jugendsünde. Es wäre ein Wunder, wenn es die einzige bliebe. Übrigens ist Kiffen sogar koscher.«

Petar war über die Maßen überrascht und suchte nach Worten.

»Was meinst du?«

»Koscher bedeutet bei religiösen Juden, dass etwas sauber, erlaubt ist …

»Das weiß ich.«

»Gut. Über Rauschgifte steht schon in der Bibel etwas, zumindest interpretiert man den Begriff *knei bose* als Marihuana und Haschisch. Der Alkoholrausch ist weitaus gefährlicher, und trotzdem schreibt das jüdische Ritual den Gebrauch von Wein vor.«

»Du hältst dich für einen Juden? Bin ich dann ein Halbjude?«

Aaron war überrascht. Sie hatten sich nie über das Judesein unterhalten und nun hatte er selbst unkontrolliert damit begonnen.

»Ein guter Jude bin ich sicher nicht. Aber abgesehen davon: Gläubige Juden gehen ja davon aus, dass man die Zugehörigkeit zum Judentum von der Mutter erwirbt, und demnach bist du Serbe.«

Einen Augenblick dachte er nach.

»Und über stärkere Drogen? Steht über die etwas in der Bibel?«

»Ich kann mich nur auf die Auslegungen der Heiligen Schrift durch den Talmud stützen, soweit ich sie überhaupt kenne. Die Juden, die Moses durch die Wüste führte, hatten Halluzinationen, die konnten nicht von Cannabis kommen. Für die alten Juden war das Gebet der allerwichtigste Teil des Lebens. Alles, was zum Beten anregte, das Beten als Zuwendung zu Gott unterstützte, war gesegnet. War man nicht im Rausch leichter geneigt, Gott anzusprechen, auf seine Worte zu warten, ihm zu gehorchen?«

»Predigst du etwa den Drogenkonsum, Papa?«

»Nein. Im Gegenteil. Wenn man zu viel davon nimmt, kommt man vom Gebet ab. Also du weißt, ich bin Atheist, mit Gebet meine ich sinnbildlich, den richtigen Weg in der Gesellschaft suchen. Wenn man also um sich schlägt, anderen Menschen schadet, Verbrechen begeht, was oft die Folge von schwereren Drogen ist, weicht man sehr wohl von dem guten Zusammenleben mit anderen ab. Maßhalten! Maßhalten in allem!«

»Warum höre ich das zum ersten Mal, warum wird das nicht unterrichtet?«

»Weil es missverstanden werden könnte, wie du soeben bewiesen hast, als du gemeint hast, ich empfehle den Drogenkonsum …«

Petar hatte das Gefühl, jetzt dürfe er ein wenig frech werden: »Ist deine Schwimmerei aber nicht ebenfalls übertrieben, Papa, du hältst doch auch nicht Maß dabei?«

»Gute Frage. Wo ist die Grenze? Tatsächlich frage ich mich immer wieder, ob ich in Versuchung bin, eine Grenze zu überschreiten, besser gesagt, zu überschwimmen. Das ist das erste Mal, dass wir so ein grundsätzliches Gespräch führen, mein Sohn. Ich hätte längst dafür sorgen müssen, das war ein großer Fehler. Andererseits: So kann eine relativ üble Geschichte Gutes bewirken. War es schlimm bei der Polizei?«

»Na ja …«

»Hat man euch geschlagen?«

»Auf der Insel, als sie wütend das Feuer gelöscht haben, haben wir ein Paar kräftige Ohrfeigen bekommen, auch einige Schläge mit dem Gummiknüppel auf den Rücken. Du hast mich ja nie geschlagen, ich kannte so etwas nicht. Später, in der Polizeistube, waren sie korrekt, aber das waren auch andere Bullen, die dich privat kennen.«

»Mein Vater hat mich auch nie physisch gezüchtigt. Die ersten Prügel hat mir die SS verabreicht, die waren sicher schlimmer als die Püffe, die du bekommen hast.«

»Du redest nie von deinen KZ-Erlebnissen.«

»Du hast nie danach gefragt. Was die Shoah angeht, ist mein Prinzip, auf Fragen zu antworten, aber niemanden von mir aus damit zu belästigen. Das ist Vergangenheit. Helfen soll man jenen, die jetzt leiden. Was ist jetzt zu tun, nicht theoretisch, sondern konkret, jeden Tag, in jeder Stunde, sofort? Erfülle ich meine Vaterpflichten? Darunter versteht man ja in jeder Gesellschaft etwas anderes. Im Babylonischen Talmud steht, der Vater müsse seinen Sohn beschneiden, was mir nicht im Traum eingefallen wäre, er solle ihm die Thora beibringen, das habe ich auch nicht, ihn verheiraten …« Aaron lächelte. »Kommt Zeit, kommt Rat. Ein Handwerk lehren. Ich habe ja selber keines gelernt! Und er soll ihn schwimmen lehren, damit er nicht so leicht ertrinkt und anderen, die am Ertrinken sind, helfen kann. Also wenigstens ein Gebot, an das ich mich gehalten habe. Das ist die graue Theorie, bei der bin ich alter Schulmeister wieder einmal gelandet, aber was sagst du?«

Petar sah seinen Vater verwundert an, antwortete nicht direkt, sondern fragte nach einer Pause: »Also bin ich deiner Meinung nach Serbe?«

»Das bist du. Deine Mutter ist sogar aus dem Herzen Serbiens. Wer keine jüdische Mutter hat und in das Judentum aufgenommen werden will, muss die Bibel gut kennen, die Gesetze und Regeln des jüdischen Lebens einhalten, an den Gottesdiensten teilnehmen, das alles wird von einer Kommission aus drei Rabbinern geprüft, und dann muss er sich als Mann auch einer medizinischen Beschneidung unterziehen – wenn man das alles durchgemacht hat, ist man vollwertiger Jude. Ein Beispiel ist unser serbischer Oberrabbiner, der als Serbe Nenad Asić geboren und aufgewachsen ist.«

»Noch einmal, und du, Papa?«

»Nach den deutschen Rassengesetzen war ich ›Volljude‹ mit allen Konsequenzen, aber das habe ich überlebt, nicht wahr? Und heute?« Aaron fiel seine Kindheit ein, vor allem die blauen Sparbüchsen, aber das war jetzt wahrhaftig kein Thema. »Gläubig bin ich nicht, Israel und seine Innenpolitik mag ich nicht. Ich habe mich für einen überzeugten Jugoslawen gehalten, aber was bin ich tatsächlich? Nichts. Nobody.«

Danach schwiegen sich Vater und Sohn eine Zeit lang an, aber es war ein gutes, verbindendes Gefühl entstanden wie noch nie zuvor. Aaron war sehr zufrieden. Fast hätte er den Zustand Glück genannt.

Milanka wartete nervös darauf, wie das Gespräch zwischen Vater und Sohn nach dem Vorfall verlaufen würde. Je länger es dauerte, umso besorgter wurde sie. Sie lauschte, aber kein lautes Wort drang aus dem anderen Zimmer. Als die beiden still und augenscheinlich gut gelaunt erschienen, hielt sie es nicht aus und fragte, etwas zu laut:

»Wie war es?«

»Wie war was?«, fragte Aaron zurück. »Wie soll es gewesen sein? Wir haben uns über alles Mögliche unterhalten.«

»Gut war es«, sagte Petar. »Mama, gibt es in diesem Haus etwas zu essen? Bei der Polizei hat man uns kein Frühstück vorgesetzt.«

Nach dem Gespräch mit seinem Sohn stellte Aaron verwundert fest, dass er bisher noch nie auf die Idee gekommen seine Schwimmsucht mit dem Talmud zu deuten. Er war ja Agnostiker, hatte sich bloß aus literarischer Neugier den Talmud angeschaut wie die Bibel, wie auch den Koran, und hatte sich so manches gemerkt. Nie hatte er darüber nachgedacht, dass ein guter Schwimmer Leben retten kann. Würde er jemandem, der am Ertrinken war, helfen, obwohl er wusste, dass das für einen nicht als Rettungsschwimmer ausgebildeten Menschen gefährlich werden kann? Aber sicher. Ohne viel zu überlegen. Allerdings war das noch lange kein Grund, so viel und lange zu schwimmen. Was einem nicht alles einfällt nach jedem guten, aufrichtigen Gespräch.

Überraschend schien ihm, was er seinem Sohn ohne viel nachzudenken über das Judentum, über sein Judentum, das Judesein gesagt hatte. Darüber muss ich mich noch mit mir selber unterhalten, dachte er. Oder einen Delfin fragen. Wieso nicht? Diese Tiere sind ja mitunter gescheiter als wir. Zumindest als ich. Keine Ahnung, ob sie einen Glauben haben. Beten sie zu Neptun? Eher zu Poseidon. Pfeifen die Delfine auf Altgriechisch oder auf Latein? Das ist natürlich Quatsch, der Mensch projiziert sich überall hinein, besonders gerne, wo er nichts zu suchen hat. Warum sollte Meeresgetier denken und fühlen wie Menschen? Wenn überhaupt, dann auf eine ganz andere, für Menschen unbegreifliche Art und Weise. Apropos Mensch, welche Menschen?

Was für ein Mensch bin ich? Wie sehen mich andere Menschen, nicht nur ich mich selbst, wenn ich mich rasierend im Spiegel anstarren muss? Zugegeben, auch wenn ich mir eine Krawatte umbinde, also eitel bin ich schon. Ein wenig, nicht zu sehr. Ich glaube, man hält mich für einen Langweiler. Nicht zu unangenehm, weil nicht aufdringlich, aber ein Besserwisser, der, auch wenn er schweigt, mit seinem Blick andeutet, dass er die echte Wahrheit kennt. Besonders was die Sprache angeht. Wenn einer im Dialekt seiner Heimat spricht oder unnötig Fremdworte gebraucht, runzelt er die Stirn. Komplette Zitate auf Latein lässt er durchgehen. Ich fürchte, so einer bin ich. Nennt man solche Leute Eigenbrötler?

Ich kenne die Ursache. Ich bin einsam. Ich allein bilde eine Minderheit für sich. Freilich, Minderheiten fühlen sich mitunter recht wohl untereinander, bilden Gruppen, Clans, unterhalten sich auf Ungarisch, Slowakisch, Ruthenisch, und dann versteht sie kaum einer und das freut sie. Sie grölen ihre Lieder an ihren Stammtischen in den Wirtshäusern und niemand nimmt es ihnen übel. Selbst die Juden haben ihre kleinen religiösen oder auch bürgerlichen Gruppen, wählen ihre Ältesten, sind unter sich, auch wenn sie kein Jiddisch sprechen, Hebräisch ohnehin nicht. Ich gehöre nicht einmal zu ihnen. Ich bin eine Minderheit in der Minderheit der Minderheit.

Vor diesem Gefühl möchte ich wegschwimmen, weit weg in die Einsamkeit des offenen Meeres. Das ist wichtig, dafür habe ich meinem Sohn das Schwimmen beigebracht, nicht, damit er andere ertrinkende Menschen retten kann. Und darum freue ich mich, dass er zu keiner Minderheit gehört, weil er Serbe ist. Wenn ich dazu beigetragen habe, ist das gut.

Und endlich sehe ich ein, dass ich so einsam gar nicht bin, weil ich jetzt endlich weiß, dass ich mit einem Sohn nicht allein bin. Schwimmen, ja, aber von ihm fortschwimmen, das nicht.

Verheiratet bin ich ja auch. Fast hätte ich es vergessen. Milanka ist auch schon deshalb eine gute Frau, weil man mit ihr am Frühstückstisch, das Mittagsmenü besprechend, so gut einsam sein kann. Ja, und die Delfine!

Im klassischen Griechenland, im Zeitalter bedeutender Philosophen und sympathischer Götter, wurden Delfine als gottähnlich verehrt, gemeinsam mit Apoll, dem Beschützer der Seefahrer, Aphrodite, die aus dem Meer geboren war, und Poseidon, dem Gott aller Gewässer, wurden sie als heilig angesehen. Sie sind Sinnbild von Klugheit, Schönheit, Lebensfreude, Liebe, Musik. Wenn die Mythologie so etwas überliefert, muss es wahr sein, zumindest gewesen sein, hätten sterbliche Menschen solche Geschichten erfinden können? Jedenfalls war dieser Glaube oder Aberglaube Teil ihrer Wirklichkeit, für sie Tatsache.

Um das Orakel der Erdmutter Gaia zu ersetzen und ein eigenes zu etablieren, musste Apoll, dieser Gott des Lichtes und der Künste, erst einmal mit einem Urdelfin kämpfen. Der war ein Ungeheuer, halb schöne Frau, halb furchtbare Schlange. Apoll siegte und nahm alle guten Eigenschaften des Wunderwesens in sich auf, baute sich einen Tempel, den er nach diesem Tier Delphi nannte. Wer wissen wollte, was er tun oder lassen sollte, ging hin, zahlte und bekam Anweisungen. Später, zu christlichen Zeiten, hielten sich Herrscher Astrologen für denselben Zweck, genauso wie Tausende von Jahren vor ihnen die Priester der weisen Ägypter. Man suchte also in der Luft, nicht mehr im Meer. Man brauchte jedenfalls stets Begründungen für seine Taten, Untaten und Unterlassungen. Wenn es durch die Jahrtausende hindurch so lief, warum soll dann nicht auch ich die Ratschläge meiner Freunde, der Delfine in der Adria, befolgen?

Unzählige Legenden über Delfine habe ich gefunden, mir jedoch nie Zeit genommen, mich in sie zu vertiefen. Alles läuft ohnehin auf das Gleiche hinaus, jedermann kann sehen oder übersehen, es deuten, wie er will. Nun ja, jemand könnte all diese Legenden in einem dicken Buch zusammenfassen, um ein gutes Honorar zu bekommen, aber mein Metier ist das nicht. Ich könnte, aber ich will nicht über Delfine nachdenken, es soll mir genügen, was ich direkt mit ihnen zu tun habe. Wenn es um Möwen ginge, müsste ich automatisch auch an die zahlreichen Spatzen denken. Und an Krähen, Raben. *Sprach der Rabe »Nimmermehr«, Quoth the Raven »Nevermore«, Varju mondja sohasem, Reče gavran nikad više …* Der Rabe und seine Bedeutung in der Literatur und in den Mythologien – ein lohnendes Thema. Sie sind Boten der Götter, im Gegensatz zu den Tauben bei Noahs Gott.

Ja, ja, und die Möwen. Die vernachlässige ich wieder, obwohl sich die Dichter auch mit ihnen beschäftigt haben, *Die Möwen sehen alle aus, als ob sie Emma hießen, sie tragen einen weißen Flaus und sind mit Schrot zu schießen …*

Das Land mag ich nicht, der Himmel interessiert mich nicht, die Luft auch nicht besonders – mir genügt das Meer. Nein, es genügt mir nicht nur, es ist das anzustrebende Alles für mich.

Ich bin auf ein Werk des griechischen Schriftgelehrten Oppian aus dem zweiten Jahrhundert gestoßen, »Halieutika«, das bedeutet ungefähr »Über den Fischfang«. Darin ärgert er sich: »Schändlich ist es, Delfine zu jagen. Nie mehr vor die Götter treten darf der Mann, der mit Absicht ihren Tod herbeiführt.

Seine Opfergaben bleiben unwillkommen. Seine Berührung vergiftet die Altäre und er besudelt alle, die unter seinem Dach leben. So sehr, wie sie das Morden von Menschen verdammen, hassen die Götter den, der Todesqualen über die gütigen Herren der Tiefe bringt.«

Man hat also damals Delfine gejagt. Wahrscheinlich wegen der Schäden, die sie an den Netzen der Fischer anrichteten. Übrigens »Herren der Tiefe«? Delfine schwimmen doch an der Oberfläche des Meeres, weil sie Säugetiere sind und ab und zu Luft zum Atmen brauchen. Das hat der Mann nicht beachtet oder nicht gewusst. Warum hat er dann über Fischfang geschrieben?

Was ich nachgeprüft habe: Delfine zu essen, ist nur in Europa und Nordamerika tabu, anderswo, insbesondere in China und Japan, ist es beliebt, und deren Küche gehört zu den weltbesten. Das Fleisch der Delfine ist rot, schmeckt nach Wild, nicht nach Fisch. Genauso, wie ich kein Hundefleisch kosten würde, könnte ich schon gar kein Fleisch von Delfinen essen. Lammfleisch hingegen mag ich, dabei sind die süßen kleinen Weißwollträger weitaus niedlicher als die meisten Köter, und Tauben auch, nahe Verwandte der Möwen. Taubeneintopf war eines meiner Lieblingsgerichte, als ich Kind war.

Aber warum lese ich Bücher, die mich verstören? Zum Zeitvertreib? Muss man die Zeit vertreiben? Vor sich hertreiben? Sie vergeht doch von selbst.

Die Delfine tauchten sowohl im Meer als auch in meinen Gedanken immer wieder auf. Auf und nieder, auf und nieder.

Nach der kleinen Aufregung um Petars Verhaftung folgte ein langweiliger Belgrader Winter. Schule, Kinder quälen, Aufsätze lesen und korrigieren. Mit Milanka besprechen, was wir morgen zu Mittag essen wollen. Petar fragen, wie es ihm geht.

Nicken, wenn er »gut« sagt und man einsehen muss, dass er zu keinem Gespräch bereit ist. Noch wenige Jahre und ich kann mich pensionieren lassen und endgültig nach Omiš ziehen, obwohl ich auch vor dessen Leere ohne Touristen außerhalb der Saison und dem Unmut, den der Südwind heranbläst, ein wenig Angst habe. Nur mit Stipe und seinen Kollegen Grappa trinken und mir seine Weisheiten so freundlich wie möglich anhören, danach zu Hause sitzen und lesen, ist nicht gut. Nicht gerade schlecht, aber eben nicht gut genug. Milanka würde im Winter nicht mitkommen. Nein, nein, das ist keine dauerhafte Lösung.

Die Lösung war Gregs Vorschlag. Hätte ich einer Abwechslung nicht so sehr bedurft, wäre ich sicher vorsichtiger gewesen.

Greg erschien an einem lauen Juniabend, Milanka und ich saßen mit einem Orangensaft auf unserer Terrasse, gelangweilt, weil wir einander nichts zu sagen hatten. Meine Frau schien sich über die Abwechslung zu freuen, ich mochte den Mann nicht. Er war schon braun gebrannt, sah dandyhaft aus in einem wahrscheinlich maßgeschneiderten Leinenanzug, modern gelb mit blau-grünem Muster, darunter ein grellrotes Seidenhemd, mir schien er zu alt und zu beleibt für so einen Aufzug. Wenn Petar sich so gekleidet hätte, wäre ich erfreut gewesen, er gab sich aber oft konservativer als ich. Unser Gast legte gleich nach einem flüchtigen Gruß los: »Hoffentlich habt ihr noch nicht zu Abend gegessen, ich habe mächtigen Hunger und lade euch zu einem kleinen Grillabend ein.«

Ich kam gar nicht dazu abzulehnen – der Aussicht auf einen Fleischteller kann ich ohnehin kaum widerstehen –, weil Milanka sofort zustimmend aufsprang: »Entschuldigt, ich muss mir noch rasch etwas anziehen.«

»Kommt eine deiner Freundinnen oder sonst noch jemand?«

»Nein, heute bin ich puppenlos, nur wir drei, ich möchte etwas mit euch besprechen …«

Er lud uns ein, uns in seinen roten Sportwagen zu zwängen. Ich wunderte mich:

»Nicht hier im Ort?«

»Nein, auf dem Weg nach Makarska gibt es ein neues fantastisches Restaurant, einmal war ich schon dort, da gibt es alles, was du willst, nicht nur die ewigen Ćevapčići und Ražnići, zum Beispiel gegrillten Schwertfisch oder mit Kaviar und weißen Trüffeln gefüllte Calamari …«

Ein Tisch für uns war direkt am Wasser reserviert, alle anderen Tische waren besetzt, ich wunderte mich ehrlich, dass es so viele reiche Leute in der Gegend gab, denn was Greg versprochen hatte, konnte billig nicht sein.

Er erzählte bei einer Flasche Chablis Grand Cru, er sei beteiligt an einer geplanten Ferienanlage bei Budva. Man hatte für diese Zwecke ein Grundstück am Velika Plaža – dem großen Strand – erworben. Dort wolle man eine Art wissenschaftliche Sommerakademie gründen, wo jenseits der städtischen Zwänge und im ferialen und naturnahen Ambiente Sprachwissenschaftler, Schriftsteller und interessierte Journalisten aus aller Welt ins Gespräch kommen sollten. Es gebe auf der Welt so viele Zusammenkünfte von Malern, Komponisten und Dichtern, Festivals wie die Festspiele in Dubrovnik – warum immer nur für die leichteren Musen, warum nicht einmal etwas Vergleichbares für ernsthaftere Menschen? Man plane bis zu zwanzig Wissenschaftler aus aller Welt einzuladen, ihnen Reise und Aufenthalt zu bezahlen, sie sollten nur die Zustimmung geben, dass die Ergebnisse der Gespräche als Publikationen der Sommerakademie erscheinen. Er bot mir an, Vorsitzender einer Dreierkommission zu sein, die das Programm und die Einladungsliste zusammenstellen solle, auch die beiden weiteren Mitglieder dieser Kommission solle ich vorschlagen. Selbstverständlich würde uns ein Sekretariat zur Seite gestellt, das die Schreibarbeiten und sonstigen Kram erledigt. Über mein Honorar würden wir uns einigen, und natürlich würde eine Villa über das ganze Jahr für mich und meine Familie bereitstehen.

»Und du kannst dort schwimmen, so viel du willst, du bestimmst schließlich die Tagesprogramme, mehr als zwei, drei Stunden werdet ihr ja nicht diskutieren, früh am Morgen oder am Abend, wie es dir richtig erscheint.«

»Dieses Projekt erfordert doch ein Heidengeld, ich will mir gar nicht ausmalen, wie viel …«

»Zaster ist kein Problem, wir haben weltweit Sponsoren …«

»Man müsste natürlich eine ausreichende Vorlaufzeit einplanen, die ganze Korrespondenz … Wissenschaftler gibt es ja nicht von der Stange wie Popmusiker …«

»Mag sein …« Greg lachte. »So teuer wie die Lärmmacher werden sie jedenfalls nicht sein. Aber wer verbringt nicht gerne zwei schöne Wochen auf Einladung an der Adria?«

Damit hatte er wohl recht. Ganz koscher kam mir das Ganze nicht vor, aber gegen seine Logik kam ich nicht an.

»Was steht hinter dem Projekt? Und du sprichst im Plural – wer seid ihr?«

»Wer wir sind? Du wirst die Herrschaften kennenlernen, wenn du die Sache übernimmst. Die Ferienanlage für gehobene Gäste würde durch die Sommerakademie einen einzigartigen Ruf bekommen. Vielleicht habt ihr ja sogar einmal einen Literaturnobelpreisträger dabei, einen wie Ivo Andrić, der hat ja auch viele Essays über Sprache und Literatur verfasst. Schade, dass er nicht mehr lebt …« Dann werden nicht nur die ihren Urlaub hier verbringen, die jetzt kommen und am Strand mitgebrachte Tomaten mampfen, sondern richtig wohlhabende Kundschaft, die mit dem Zaster nur um sich herumschmeißt, um später erzählen zu können, sie hätten an einem Geistesort Urlaub gemacht. Ahnst du, was das für eine Mundpropaganda wäre …«

Milanka mischte sich ein: »Das klingt doch interessant, Ari. Versuch es. Wenn es nicht funktioniert, haben wir ja keinen Schaden.«

Ich habe nicht gleich erraten, wer Gregs »Wir« war. Vermutlich ehrenwerte Leute. Dumm, dass mir dazu nicht sofort einfiel, dass die Mafia sich so nennt. Sie sind eine ehrenwerte Gesellschaft, haben ihren eigenen Ehrenkodex. Und die internationalen Sponsoren, von denen er erzählte? Natürlich ebenfalls die Mafia. Oder wer ihr Tribut zu zahlen hatte. Es ging auch um Geldwäsche. Die ersten Saisonen würde man sauber bleiben, wenn die Polizei noch neugierig war, das ist ihr Job. Aber mit der montenegrinischen Polizei konnte man reden, die war überhaupt nicht allergisch auf richtig viel Geld.

Ich ging davon aus, dass meine Frau recht hat, aussteigen könnte ich noch immer. Dachte ich. Man kann jedoch nicht jeden Verein verlassen, wann immer man will. Das habe ich nicht bedacht.

Jetzt, nachträglich, wenn ich mich aufmache, endgültig bis zur blauen Linie des Horizonts zu schwimmen, frage ich mich, ob ich mich auf das alles eingelassen hätte, wenn mir von Anfang an klar gewesen wäre, mit wem es in den Ring ging. Und welche Folgen das haben würde. Dabei habe ich es doch zumindest geahnt, ahnen müssen. Aber die Hoffnung, mein Leben würde sich durch diese Wendung endlich interessanter gestalten, war stärker als alles Misstrauen. Statt weiterer sieben Jahre öden Schulbetriebs bis zur Pension nun Umgang mit hochrangigen Wissenschaftlern auf Augenhöhe zu haben, war eine große Verlockung. Ausschließen kann ich nicht, dass ich meine Zweifel verdrängt habe. Bewusst? Unbewusst? Zu Hilfe, Professor Freud! Es galt, die Langeweile zu überwinden, trotz meines gesetzten Alters ein Abenteuer einzugehen. Dass damals bereits meine physischen Kräfte ein wenig nachließen, habe ich keinem verraten, auch mir selbst lange nicht eingestanden. Ach, das würde sich mit gut durchdachtem Training schon auffangen lassen. Hoffentlich.

Für Petars Leistungen in der Schule interessierte sich vor allem seine Mutter. Als es um die Einschulung, die ersten Schuljahre ging, war das irgendwie selbstverständlich, mit Kleinkindern hatte er ja beruflich nichts zu tun. Als jedoch ab der fünften Klasse nicht mehr eine Lehrerin für alles da war, sondern in den neuen Gegenständen Lehrkräfte, die man in Serbien mit Frau Professor oder Herr Professor ansprach, meinte Milanka, diese Rolle solle er übernehmen, er sei ja selbst so ein Professor. Gerade deshalb nicht, redete er sich heraus, man kenne ihn, er saß mit Petars Folterknechten im selben Lehrerzimmer, mit ihm würden die Kollegen nicht so offen reden wie mit ihr.

Probleme gab es ja glücklicherweise ohnehin nicht mit dem Filius. Petar war faul, besaß jedoch ein gutes Gedächtnis und trug ein offenes Lächeln im Gesicht, mit dem er seine Lehrer anstrahlte, auch wenn sie ihn langweilten. Er brachte mittelmäßige Zeugnisse nach Hause. Je schwieriger die Mathematik wurde, desto mehr Interesse zeigte er für das Fach, sogar Talent meinte der Mathematikkollege. Als er sich einen Rechner wünschte, stimmte Aaron sofort zu, der Junge wusste auch, welchen er haben wollte, einen Toshiba. Indem er anderen beibrachte, was er schon wusste, verdiente sich der Junge sein erstes richtiges Taschengeld. Aaron erfuhr zufällig davon, überlegte, ob das gut war, ob nicht jemand auf die Idee kommen könnte, mit diesem Kleingeld für den Sohn besteche man seinen Vater, den Lehrer, er sagte am Ende jedoch nichts.

Slava – der Tag des Familienheiligen – wird in Serbien als großes Fest begangen. Je höher das Ansehen des Familienvaters ist, desto mehr Gäste kommen. Ärmere Menschen sparen das ganze Jahr für dieses Fest, um sich nicht zu blamieren. Nicht für jeden Gast genug zum Trinken und Speisen in Hülle und Fülle anbieten zu können, gilt als Schande. Aarons Schwiegereltern feierten den heiligen Demetrios von Thessaloniki, einen römischen Offizier, der Ende des dritten Jahrhunderts Christ wurde und deshalb den Märtyrertod erlitt. Der Legende zufolge hat ihn Kaiser Maximian persönlich verurteilt. Das sei Quatsch, murmelte Aaron zu Milanka, unmöglich, Maximian sei als Diokletians Mitkaiser nicht für den Osten verantwortlich gewesen, sondern für den Westen, seine Residenz war in Mailand, mit Thessaloniki habe er nichts zu tun gehabt, hier war Galerius für solche Kleinigkeiten zuständig. Aber den lieben Alten sagte er natürlich nichts, fand jedoch stets eine Ausrede, um nicht mit Frau und Sohn in das berühmte Bad fahren und an den kirchlichen Zeremonien teilnehmen zu müssen. Am schlimmsten fand er, wenn der Pope ins Haus kam, um die Ikone und das speziell dafür gebackene Brot zu segnen, dieses Brot, das alle Familienmitglieder mit ihren womöglich nicht ganz sauberen Fingern drehten, um sich je einen Bissen abzubrechen. Ein schöner alter Brauch, meinte er, aber höchst unhygienisch. Er hatte gar nichts dagegen, wenn er allein in Belgrad bleiben durfte. Der Tag des heiligen Demetrios war der 8. Oktober, wenn er auf die Mitte der Woche fiel, konnte er ihn mit dem Wochenende verbinden, das duldete die Schulleitung. Für seine Familie waren es einige schöne Herbsttage im Kurort Vrnjačka Banja, für ihn ein Ausflug ans noch warme Meer.

Petar war am 11. Oktober geboren. Als ihn sein Vater fragte, was er sich zum achtzehnten Geburtstag wünsche, bat er, den Führerschein machen und später ab und zu das Auto verwenden zu dürfen. Aaron hatte einen Škoda gekauft, benützte den Wagen aber nur selten in der Stadt, vor allem brauchten sie ihn, um nach Omiš zu gelangen. Die Bitte versprach er gerne zu erfüllen, fügte jedoch gleich hinzu, wenn Petar den Schulabschluss mit Sehr gut oder gar Ausgezeichnet bestehen würde, wolle er ihm das Auto schenken. Dank seiner Nebeneinkünfte, er verfasste und redigierte Reden für Politiker, schrieb Buchrezensionen für Zeitungen und Zeitschriften, hatte Aaron ohnehin schon daran gedacht, sich einen neueren und größeren Wagen anzuschaffen, Kredite waren im Augenblick günstig.

Als Sohn und Gattin von der Slava aus dem Badeort zurückgekehrt waren, um Petars Volljährigkeit zu feiern, bat Aaron ihn zu einem Gespräch in sein Arbeitszimmer:

»Das trifft sich gut, Papa, ich habe dir auch etwas Besonderes zu sagen.«

»Kann ich dir zur Feier zum ersten Mal einen Schnaps anbieten? Deine Mutter hat Selbstgebrannten mitgebracht.«

»Gerne. Es wird für mich das erste Mal mit dir sein, aber bei Opa habe ich schon vor zwei, drei Jahren einen Schluck bekommen. Oder auch zwei.«

»Und mit deinen Freunden?«

»Einen Schluck oder zwei«, lachte das Kind, nein, der junge Mann, der sein Kind gewesen war. »Ich scheine das Zeug gut zu vertragen, wenn ich nicht dazu kiffe. Du merkst ja ohnehin nie, was mit mir los ist, fragst höchstens kurz, wie es mir geht und was in der Schule gewesen ist, schon meine Antwort hörst du kaum noch …«

Das war ein Stich. So war es wohl tatsächlich, so fühlte es jedenfalls sein einziges Kind. Also holte Aaron tief Luft:

»Was wolltest du mir sagen?«

»Ich habe mich taufen lassen!«

Das war der zweite Stich. Das musste der alte Jude erst einmal verdauen. Bin ich schon ein alter Jude, fragte sich Aaron, bin ich alt? Weil er zu lange schwieg, munterte ihn sein Sohn auf.

»Fragst du nicht warum, Papa?«

»Doch, mein Sohn, ich frage: Warum?«

»Du hast dich ja taufen lassen, um Mama zu heiraten.«

»Stimmt, aber ich habe es nicht ernst genommen. Und du?«

»Ich nehme es ernst. Einer meiner besten Freunde wird heiraten. Er hat mich gebeten, sein Trauzeuge zu sein. Es wird eine prawoslawische Hochzeit sein, da kann nur ein getaufter Christ Zeuge sein. Und du weißt, was für Serben der Trauzeuge, der Pate bedeutet.«

»Natürlich weiß ich das!«

Ein guter Freund Petars heiratet. Ein guter Freund war vermutlich auch nicht viel älter als sein Sohn. Eines Tages würde Petar ins Haus schneien und ihnen mitteilen, dass er geheiratet habe oder es beabsichtige, womöglich ohne dass sie die Braut kannten, sie vorher kennengelernt hatten. Er war jetzt volljährig, er brauchte keine Erlaubnis.

»Du bist volljährig, du brauchst für nichts eine Erlaubnis. Ich werde sicher nie mit der Floskel kommen, dass gehorchen muss, wer unter meinem Dach sitzt. Du hast mir etwas Ernstes mitgeteilt, ich will dir dazu etwas sagen. Du weißt, dass ich Atheist bin, ein gottloser Mensch, ein Zauderer, zwar einer, den man Volljude genannt hat und nennen kann, aber keiner, der sich an die jüdische Religion klammert, nicht einmal an die Tradition. Aber ich achte richtig gläubige Menschen sehr. Ich respektiere sie. Pass auf, richtig Gläubige sage ich. Einer Religion mit einem feierlichen Akt beizutreten, ohne es ernst zu nehmen, finde ich nicht richtig. Dafür schäme ich mich noch nachträglich. Nun ja, du bist volljährig …«

Man wiederholt sich, wenn man nicht weiterweiß.

»Ja, Papa, ich bin volljährig. Ich achte deinen Standpunkt, ich weiß, was für ein Mensch du bist, ein guter, seriöser, einsamer und ein wenig eigenartiger Mensch …«

Spricht man so mit seinem Vater?, fragte sich Aaron. Ist das frech oder Anerkennung, wenn man sich als Sohn berechtigt dazu fühlt?

»Vater! Wir haben schon darüber geredet: Ich fühle mich als Serbe. Ich habe eine Serbin als Mutter, nur je einen Großvater und eine Großmutter, und die sind Serben, die meisten anderen haben doppelt so viele Großeltern und …«

»Du weißt …«

»Ja, ich weiß, meine anderen Großeltern sind umgebracht worden, sie haben keine Schuld daran, dass ich sie nicht habe, aber umso mehr klammere ich mich an die, die für mich da sind. Und ein Serbe ist Prawoslawe, die Taufe ist für mich auch ein Beitritt zum Serbentum, nichts Unseriöses, ich nehme es sehr ernst, obwohl mir das Geplapper der Popen genauso egal ist wie dir.«

Nach einer Pause sagte Aaron:

»Ich nehme das zur Kenntnis, Petar. Das ist dein gutes Recht.«

Petar bestand seinen Schulabschluss mit Glanz, bekam seinen Škoda, Aaron kaufte sich einen großen Toyota.

Greg hatte richtig vorhergesagt, dass jedermann – natürlich auch jede Frau – gerne einige Wochen gratis an einer schönen Meeresküste verbringt. Also nahm ich den Job, den er mir angeboten hatte, an. Gerne sogar. Der Ordnung halber informierte ich den neuen jungen Direktor meiner Schule, fragte nicht um Erlaubnis, sondern teilte ihm einfach mit, was ich beabsichtigte, und er meinte, wenn es nicht auf Kosten meiner Leistung in seiner Schule gehe, habe er nichts einzuwenden. Er sprach von »seiner«, nicht etwa von »unserer« Schule, aber ich ließ es durchgehen, wozu unnötig wegen Kleinigkeiten Zank anfangen.

So machte ich mich an die Arbeit. Als Milanka das nächste Mal nach Vrnjačka Banja fuhr, bot ich an, dass wir gemeinsam im Toyota hinfahren. Sie freute sich. Mein Schwiegervater, der vor Kurzem pensioniert worden war, erst recht. Er war begeistert, als ich ihn fragte, welche Schriftsteller, Literaturkritiker, Wissenschaftler im Badeort bereits Vorträge gehalten hatten. Sofort machte er sich an die Arbeit, schaute in Archiven nach und legte mir eine Liste vor. Die Elite der serbischen Intelligenzija war bereits da gewesen. Das war eine gute Grundlage, es würde mir leichtfallen, zumindest aus dem Inland gute Leute einzuladen, und ganz nebenbei bemerkte ich, dass ich in meinem Schwiegervater meinen ersten begeisterten Mitarbeiter gefunden hatte.

Dann fiel mir Agi ein. Was heißt, sie fiel mir ein? An sie gedacht habe ich oft, aber plötzlich entdeckte ich einen Kontext mit unserer neuen Idee. Wo aber steckte sie um Himmels willen? Die wissenschaftliche Community ist eine Art Internationale, ihre Mitglieder sind über den ganzen Globus verstreut. Hatte sie nicht nach Kanada ausreisen wollen? Das Land hat hundertundzwei Universitäten und Hochschulen. Konnte ich überhaupt davon ausgehen, dass es ihr gelungen war, an einer Uni zu lehren? Sie zu suchen war, wie nach einem Goldfisch in der Adria zu angeln. Aufs Geratewohl rief ich bei der Universität von Ottawa an – und schon zappelte der Goldfisch an der Angel! Man verband mich mit der Fakultät, wo man Frau Professor Alföldhelyi kannte und mir die Adresse gab. Ich schrieb einen Eilbrief, fragte, wie es ihr so gehe, kam dann aber gleich auf das Projekt der Akademie und schlug ihr vor, Teil des Gründungstrios zu werden, wir würden sie gerne einladen. Die Antwort kam prompt samt ihrer Telefonnummer.

»Endlich löst du dein Versprechen ein, du hast ja seinerzeit in Budapest gesagt, du würdest mich an die Adria einladen, ich dachte schon, das hättest du längst vergessen …«

Der intime Ton freute mich, erschreckte mich aber auch. Würde das gefährlich für meine Ehe? Nun, nicht nur ich war Jahrzehnte älter geworden, sie ja auch. Wie sah sie jetzt wohl aus?

Nach der so gut bestandenen Reifeprüfung benahm sich Petar ziemlich unreif. Er war fast ständig mit En zusammen, hatte sich noch für keinen Weg in die Zukunft entschieden, an keiner Universität angemeldet, schlief lange, lungerte danach in Cafés, nachts wer weiß wo herum, schnorrte Geld von seiner Mutter.

Nachdem er einen leichten Unfall gebaut hatte, ein kleiner Blechschaden an seinem Škoda, meldete er es seinem Vater verlegen-ironisch:

»Sir, melde gehorsamst, Sir …«

Aaron tröstete ihn:

»Das gehört zum Anfang einer Fahrerkarriere. Wie ist es passiert?«

»Ich wollte ausparken und eine besoffene Laterne hat mich hinterrücks überfallen …«

»Also warst du besoffen?«

»Ein winziges wenig über den Durst getrunken habe ich wohl … Ich habe mich also geirrt, was meine Trinkfestigkeit betrifft.«

»Gerade wenn man noch wenig Praxis hat, muss man ganz besonders vorsichtig sein. Ein Taxi ist immer billiger als eine Reparatur …«

Der liebe, verständnisvolle Vater bezahlte den Spengler. War ihm Petar aufrichtig so dankbar, wie er tat, oder hielt er es für »Daddypflicht«, so etwas hinzunehmen? Das behauptete er jedenfalls.

Dass En mit im Wagen gesessen war, hatte er Aaron verschwiegen. Gelogen war das nicht, dem Alten war es nicht eingefallen zu fragen, ob er allein oder in Gesellschaft gewesen war. Vielleicht hatte er auch seine Neugier unterdrückt, weil er sich großzügig zeigen wollte. Sein Gewissen dem einzigen Sohn gegenüber war nicht ganz rein, immer wieder überlegte er, wieso er sich in den sensibelsten Momenten des Heranwachsens so wenig um den Teenager gekümmert hatte, obwohl er doch Pädagoge war. Oder gerade deshalb?

Einige Wochen später hatte er den Eindruck, dass es an der Zeit war, seinen Sohn nach dessen weiteren Absichten im Leben zu fragen: »Warum eigentlich hast du dich an keiner Uni oder Hochschule immatrikuliert?«

»Ich habe mir ein Jahr Auszeit genehmigt, Papa. So wie ihr Professoren das macht.«

»Das habe ich nie in Anspruch genommen, eher doppelt gearbeitet. Und es gilt ja auch nur für Wissenschaftler, Universitätslehrer – und erst, nachdem sie einige Jahre gearbeitet haben. Aber meinetwegen – was willst du also nächstes Jahr machen, was willst du werden?«

»Weiß ich noch nicht. Mich interessiert so viel Verschiedenes, dass ich mich nicht entscheiden kann …«

Aaron ließ die Ausrede gelten.

Er verrichtete weiter gewissenhaft seinen langweiligen Job in der Schule, er war nun einmal ein Pflichtmensch. Doch nun, da er gleichzeitig auch seinen Campus vorzubereiten und die Gästeliste zusammenzustellen hatte, fiel ihm die Arbeit in der Schule noch schwerer, weil sie ihn nicht mehr herausforderte. Die wissenschaftliche Szene in Serbien war ihm vertraut, die von Montenegro ohnehin, in Zagreb, Ljubljana, Sarajevo und Skopje kannte er einige gute Leute, aber es ging ja nicht nur um Einheimische, die sollten eher Staffage sein. Das Hin- und

Herkorrespondieren und Telefonieren war etwas Neues für ihn, das tat er gerne, aber es verschlang seine ganze Arbeitskraft.

Petar lungerte einstweilen in der Stadt herum wie so viele seiner Altersgenossen. Wenn er daheim einen guten Parkplatz gefunden hatte, was in Belgrad immer schwieriger wurde, ließ er sein Auto vor ihrem Haus stehen, nahm ein Taxi. Seine Mutter war nicht geizig. Übrigens fuhren die meisten seiner Kumpane viel bessere, teurere Wagen. Markenturnschuhe trug auch er, aber das Kleingeld wurde ihm immer knapp, es passte gut, dass En so tat, als verachtete sie Geld.

Milanka akzeptierte den Lebenswandel ihres Sohnes, vielleicht bemerkte sie auch gar nicht, dass er keineswegs ideal war. Sie sorgte dafür, dass seine Kleidung immer sauber und anständig gebügelt auf seine Launen wartete, legte jeden Morgen frische Wäsche für ihn heraus und fand es ganz besonders wichtig, dass immer etwas zu essen für ihn bereitstand.

Ich habe einen Namen für unsere Unterfangen gesucht, am naheliegendsten schien, zumindest vorläufig, SSM, Science Seminar Montenegro. Seminare sind ja nicht bloß Veranstaltungen im Lehrbetrieb, sondern auch solche zur Vertiefung des Wissens. In Europa gab es Dutzende Sommerakademien für Künstler, aber kaum eine im Bereich der Wissenschaften. Wenn sich herumsprechen würde, was wir taten, und es gelang, internationale Relevanz zu erreichen, konnte Gregs Plan aufgehen. Sein Plan oder der seiner Sponsoren und Financiers? Jedenfalls konnte ich in dieser Aufgabe jetzt einen Sinn finden. Sie war voller Sinn, allerdings, Sinn ist auch der zweite Teil des Begriffs Wahnsinn. Wahnsinn!, ruft Pets Generation, wenn ihnen etwas besonders gut gefällt.

Erst unmittelbar vor dem Ende habe ich begriffen, wie wahnsinnig es war, sich mit Greg eingelassen zu haben. Hirnverbrannt wäre wohl das treffendste Wort gewesen.

Zu der ersten Versammlung des Projektteams hatte Greg tatsächlich einen Vertreter der Financiers mitgebracht. Er wirkte eigenartig, dieser Signor Balistreri, Matteo Balistreri. Wir alle waren den äußeren Bedingungen entsprechend gekleidet, es war ja Sommer an der Küste, wir trugen bunte Hemden, leichte, manche sogar kurze Hosen, die meist krumme, magere Beine offenlegten, so auch Greg, der Einzige etwas beleibtere unter uns. Balistreri hingegen war in einem zu warmen dunklen Nadelstreifanzug erschienen, eine Krawatte um den dünnen, langen Hals gebunden, um eine kleine Begrüßungsrede zu halten. Ich nahm ihm das nicht einmal übel, es war wohl dem Respekt vor uns Gelehrten und der Feierlichkeit des

Gründungsmoments geschuldet. Endlich legte er wenigstens seinen Rock ab: »Sie wollen, bitte, entschuldigen, dass ich so overdressed erscheine ...«

Erinnerte mich der Nadelstreifanzug nicht an etwas? War das nicht so etwas wie die Uniform der Mafia? Wieso kamen mir nicht sofort Gangsterfilme in den Sinn?

Die Investoren hatten einen Teil des großen öffentlichen Sandstrands einige Dutzend Kilometer westlich der Stadt gekauft und abgetrennt und so der Öffentlichkeit entrissen. Eigentlich tat mir das leid. Man hatte der Allgemeinheit, den Menschen, die dort seit ewigen Zeiten planschten, zelteten, mit den Kindern badeten, den freien Zugang zum Meer genossen, den Familien, die man Paradiestouristen nannte, ihren Strand für ein kommerzielles Projekt, das sich an eine privilegierte Schicht wandte, weggenommen. Ich sagte Greg meine Meinung. Er antwortete, dass er mich gerade wegen meiner Naivität so mochte. Ich solle doch bedenken, dass man das kleine Stück Land für viel Geld gekauft habe, diese Mittel konnten nun im Interesse der Allgemeinheit für bessere Straßen, bessere Beleuchtung, insgesamt für die Infrastruktur eingesetzt werden. Das würde gleichermaßen den Alteinwohnern nützen und den Tourismus fördern. Über unsere Aktivitäten würde weltweit berichtet werden, das würde mehr wohlhabende Gäste anlocken, was wieder für jedermann hier von Nutzen sei, von viel größerem Nutzen als die paar Hundert Meter Strand für weniger begüterte Mitmenschen, die dort ihre Handtücher ausbreiteten, um ihr Brot mit billiger Salami zu essen. Richtig überzeugt hat er mich nicht, aber mir fielen keine Gegenargumente ein.

Ich hatte an dem Strand auszusetzen, dass er ziemlich flach war, man musste weit hinauswaten, bevor man richtig schwimmen konnte, und zurück war es dasselbe, sodass man endlich wieder an Land bereits wieder verschwitzt war. Als ich mich darüber bei einem Geplaudere beklagte, ließ Greg ohne lange zu fackeln einen langen Steg bauen, von dem ich ins tiefere Wasser springen konnte:

»Das war eine gute Anregung, Ari. Jetzt können wir unseren künftigen Gästen nicht nur Busausflüge anbieten, sondern auch anständige Boote anlegen lassen. Ein Gewinn für alle, danke, ich wusste ja, was wir an dir haben.«

Delfine sah ich hier nicht. Der Trubel des öffentlichen Strandes hielt wohl die Fischschwärme fern, die Tümmler fanden hier also nichts zu fressen. Schade.

Erst als ich eines Tages weit genug hinausgeschwommen war, gesellte sich einer zu mir. Sein Eintauchen und Aufspringen schienen mir wie eine persönliche Begrüßung.

»Ist dir auch langweilig, mein Freund, wie meiner lieben Gattin?«

Ich glaubte seine Antwort zu vernehmen, dass er nicht die Ehre habe, sie zu kennen.

»Da ist dir nicht viel entgangen«, sagte ich. »Sie ist eine gute Frau, aber anderer Natur als du und ich, sie geht ins Wasser, um sich abzukühlen, schwimmt einige Tempi und geht schnell wieder hinaus, Kaffee trinken und Kuchen essen. Wie wir die Endlosigkeit des Wassers lieben, versteht sie einfach nicht.« Da er nichts zu sagen hatte, fuhr ich fort. »Sei froh, dass du bist, was du bist. Du bist ein Säugetier, also gescheit wie wir, weise sogar, im Wasser dennoch geschickt wie ein großer Fisch, hast die guten Eigenschaften beider Arten, ohne die meisten unserer Bösartigkeiten. Du bist kein Vegetarier wie manche deiner Verwandten unter den Walen, aber mutig, mit den kleineren Haifischen nimmst du es jederzeit auf und beschützt uns Menschen sogar. Ich danke dir, dass du existierst.«

Ich behandelte jeden Delfin, wo immer ich einen sah, als wäre es stets derselbe. Darum ging ich auch davon aus, dass der Delfin mich persönlich mochte und immer zutraulicher wurde. Wenn man sich etwas stark genug einbildet, wird es wahrhaftiger als die gleichgültig aufgenommene Wahrheit. In meinem wasserfesten Beutel brachte ich Sardinen mit und fütterte »meinen« Delfin. Er nahm es gerne an, und natürlich hat das unsere Freundschaft bestätigt. Ja, wir waren Freunde. Man sagt verallgemeinernd, der Jude ist so, der Amerikaner anders und meint damit auch keinen besonderen Vertreter seiner Art. Genauso sage ich der Delfin. Delfine sind lebenslustig, während die meisten Tiere nur zu Zeugungszwecken Geschlechtsverkehr haben, haben ihn Delfine häufig – sicher vor allem, um Spaß daran zu haben. Wenn das keine Menschennähe ist!

Milanka fand keinen richtigen Zugang zu den Frauen unserer gelehrten Gäste oder zu Wissenschaftlerinnen wie Agi.

»Jetzt haben die Leute gesehen, dass du eine Ehefrau hast, eine Familie, einmal treten wir auch noch mit Pet und seiner Freundin an«, hatte sie mir erklärt. »Dann fahre ich zurück nach Omiš. Dort habe ich gute Gesellschaft. Dich habe ich ja da wie dort nicht, entweder arbeitest du oder du schwimmst in der Gegend herum.«

»Wenn du meinst, Liebling. Ich komme bald nach, mir gefällt es hier auch nicht besonders …«

Dass mir ihre Abreise absolut gelegen kam, merkte sie nicht, oder es war ihr egal. Wie gesagt, wir führten eine gute, normale Ehe.

Agi sollte sich als keine Bedrohung für Milanka herausstellen. Nicht nur ich war gealtert, auch sie war nicht mehr die strahlende Schönheit, die sie in Budapest zur Zeit unserer verrückten Verliebtheit gewesen war und die alle anderen Frauen nervös und neidisch gemacht hatte. Und ich war ja auch nicht mehr so leicht entflammbar.

»Ich muss schrecklich aussehen«, reagierte Agi, als sie meinen Blick der Verwunderung, gewissermaßen der Enttäuschung wahrnahm, als ich sie am Flughafen in Tivat abholte.

»Nein, überhaupt nicht!«, antwortete ich. »Du bist zwar kein kleines Mädchen mehr, bei dem man sich gewundert hat, dass sie Wissenschaftlerin ist, aber dafür eine bezaubernde, schöne Frau.«

»Das hast du nett gesagt. Danke. Du hast dich fast überhaupt nicht verändert. Wie ist dir das gelungen?«

Was sollte ich dazu sagen?

»Danke. Erzähl mir von deinem Leben. Bist du verheiratet?«

»Ich war es kurz. Aber die Ehe ist nichts für mich. Ich bin eine Einzeltäterin ...«

»Ich nicht. Eine Gattin und ein Sohn genügen einem Spießbürger wie mir.« Kurz dachte ich nach. »Seitensprünge im Prinzip nicht ausgeschlossen.«

»Was willst du mit der Anspielung auf Seitensprünge andeuten? Schülerinnen, Studentinnen?«

Nichts wie ausweichen: »Das wäre doch sehr unangemessen. Nein, trotz deines Kompliments muss ich gestehen, dass ich älter geworden bin.«

»Reifer auch?«

»Darf ich hoffen ...«

Erinnerungen an Budapest tauchten auf. War ich damals ein anderer? Und sie, Agi?

Ich fragte Agi, ob es ihr damals gelungen sei, an den Olympischen Spielen teilzunehmen.

»Nein. Ich bin ja nach der Revolution geflüchtet. Wir wurden in Österreich mit offenen Armen aufgenommen, aber die Freude, nun in Freiheit zu leben, ließ bald nach. Ich musste Geld verdienen, hatte keine Zeit, mich nach vernünftigen Trainingsmöglichkeiten umzusehen. Kein Staat kümmerte sich um meine Laufbahn, keine privaten Sponsoren. Ich musste jetzt ja erst Sprachen richtig lernen, vor allem gut genug Englisch, um in meinem Fach auf die Beine zu kommen, das nicht wahnsinnig nachgefragt war …«

»Auf hübsche Beine«, warf ich ein.

»Gutes Aussehen mag für Frauen in vielen Bereichen ein Vorteil sein, sicher nicht für Universitätsprofessoren, für die ist man die dumme Blondine, selbst wenn man brünett ist …«

Unsere Gäste fühlten sich wohl. Die Sitzungen verliefen wie gewünscht, bei solchen Gelegenheiten hört man nun einmal aufmerksam zu, zumindest tut man das, hat es eingeübt, was der hochverehrte Kollege sagen wird, weiß man ohnehin schon aus den Fachartikeln, wir sind keine Physiker oder Chemiker, von Medizinern gar nicht zu reden, die mitunter durch fundamental neue Erkenntnisse aufhorchen lassen und sich für den nächsten Nobelpreis profilieren. Sprach- und Literaturwissenschaften werden selten von den Medien beachtet, deshalb luden wir auch Sozialwissenschaftler, Psychologen, Psychotherapeuten und Psychiater ein, die erreichten regelmäßig eine breitere Öffentlichkeit mit ihren Themen. Ich musste mir still eingestehen – einen Mehrwert für die Wissenschaft schufen wir nicht. Noch nicht. Ich tröstete mich, dass das noch kommen werde. In Serbien besagt ein Sprichwort, dass die Kätzchen des ersten Wurfes ins Wasser geworfen werden, um zu ersaufen.

Ein uralter Professor einer entlegenen Universität fragte mich: »Wann gibt es hier eine Brotzeit, verehrter Herr Kollege?«

Die Wortwahl erfreute mich. Nachdem ich ihm die Zeiten der Mahlzeiten bekannt gegeben und ihn im Übrigen auf die Informationsbroschüre mit dem Programm und Angeboten verwiesen hatte, verfiel ich ins Grübeln: Ja, einst war es wohl wirklich eine Zeit gewesen, bloß etwas Brot einzunehmen, heutzutage sind damit richtige kleine Zwischenmahlzeiten gemeint, die wir im Banat Jause nannten, ein typisch österreichisches Wort. Das seinen Ursprung aber bei uns hat, denn es leitet sich aus dem slawischen »užina« her, und das wiederum von »jug«, »Süden« – wenn die Sonne im Süden stand, gönnte man sich einen guten Bissen.

Natürlich ging es nicht ausschließlich um die Wissenschaften und unsere Verpflegung. Tagsüber konnte man baden gehen, man konnte mit dem Boot zu einem der vielen einsamen Strände oder auf eine der Inseln in der Nähe fahren, nachts unentgeltlich trinken. Es gab Bustouren auf den Berg Lovćen und zum Mausoleum des Fürstbischofs Njegoš, wo ich ein paar Worte zu sagen hatte, auf die Hochebene, auf der er geboren wurde, dort wurde für uns ein Lamm am Spieß gebraten. Die alte Hauptstadt Cetinje musste natürlich besichtigt werden, einmal gab es einen Ausflug an die albanische Grenze, einmal zu der Insel im Fluss Bojana, Ada Bojana. Die ist ein Paradies für Nacktbadende, denen hier das Süßwasser des Flusses ebenso zum Schwimmen zur Verfügung steht wie das Meer. Wir entledigten uns dort höflich unserer Kleidung und ich bewunderte heimlich, dass Agis Haut jung und glatt geblieben war. Ihrem Gesicht sah man das Alter an, aber der Körper war mädchenhaft geblieben, nahtlos braun gebrannt.

Unversehens fragte sie mich:

»Hat sich deine Einstellung zum Judentum verändert?«

»Wie kommst du darauf?«

»In Budapest hast du mir doch erzählt, du seiest Atheist?«

»Habe ich das? Ich kann mich nicht erinnern.«

»Hast du bemerkt, dass die Mehrzahl der Teilnehmer unseres Symposiums Juden sind?«

»Nein …« War das ein Anflug von Antisemitismus? Warum denkt man immer sofort an Antisemitismus, wenn Gojim Juden auch nur erwähnen? »Wie kommst du darauf?«

»Man kann es doch meistens an den Nachnamen festmachen, aber hier ist es noch einfacher: Ihr seid ja beschnitten …«

»Blödsinn.« Das wollte ich so nicht sitzen lassen. »Es gibt jede Menge Gründe, warum jemand beschnitten ist. Zum Beispiel eine Phimose. Hier im Banat gibt es jede Menge Sand und gerade Kinder ärmerer Leute laufen viel nackt herum, die Jungen nehmen es mit der Reinlichkeit nicht so genau, es kommt zu Entzündungen des Gliedes, und dann hilft eine Beschneidung, das Problem zu lösen …«

Sie blieb trotzdem beim Thema.

»Ihr habt niemanden aus Israel eingeladen. Wäre es nicht interessant, einen Vortragenden zu finden, der etwas über die Beziehungen des modernen Hebräisch zur Sprache des Alten Testaments erzählen kann? Wie schafft man in einer wiedererweckten uralten Sprache Wörter für neue Begriffe?«

»Das ist eine gute Anregung! Danke. Und die Chinesen müssen sogar neue Zeichen gestalten. Die haben dafür eine eigene Abteilung der Akademie der Wissenschaften. Wie sagt man, zum Beispiel auf Hebräisch, wie schreibt man auf Chinesisch Computer?«

»Du wirst lachen, das weiß sogar ich. Im modernen Iwrit sagt man Mascheh, auf Mandarin Dianou.«

»Sag jetzt nur noch, dass du Hebräisch und Mandarin beherrschst.«

»Das nicht, aber es gibt schließlich einen Wissenstransfer zwischen den Universitäten, es gibt Bücher und Fachzeitschriften – wenn du eine Frage hast, findest du auch eine Antwort. Und ich bin nun einmal neugierig. Apropos: An meiner Universität in Kanada gibt es einige Chinesen und viele Juden. Manche von ihnen sind gläubig oder tun so. Zu irgendeiner Feier haben sie mich in die Synagoge eingeladen. Sehr schöne Gesänge, findest du nicht auch?«

»Dazu habe ich keine Meinung, weil ich als Erwachsener nie in einer Synagoge war.«

»Das verstehe ich nicht. Man besucht doch auch Kirchen nicht unbedingt nur, um zu beten oder Kerzen anzuzünden, sondern um Ikonen, Altäre und Glasfenster zu bewundern …«

An diesem Abend machte ich ihr Komplimente und befragte sie zu allem Möglichen. Sie sei Nudistin, und was ihre Figur anging, sie hatte nie Kinder geboren.

»Aber die hättest du doch auch als Einzeltäterin, wie du es genannt hast, haben können?«

»Ja, natürlich, die Verhältnisse waren halt nie danach, und ich habe entsprechend achtgegeben. Du hingegen hast eine nette Frau und einen feinen Sohn, hat sie mir erzählt. Warum ist sie übrigens nicht mehr da?«

»Ihre Freundinnen sind in Omiš, in Dalmatien, Kroatien, weiter nördlich, wo unser Haus steht.«

»Ist es dort schön?«

»Viel schöner als hier. Hier ist es ja ziemlich kahl, dort haben wir eine Flussmündung, alte Burgruinen, Palmen und Zypressen, eine vorgelagerte Insel. Es ist fischreich und wimmelt nur so von Tümmlern.«

»Und hier besitzt du noch eine Villa?«

»Die gehört nicht mir. Eine Dienstwohnung. Willst du sie sehen? Sie ist etwas größer als die Bungalows, in denen ihr untergebracht seid.«

Sie wollte die Villa sehen. Wir fanden ins Bett. Eine der ersten Weisheiten, die ich als Kind begriffen habe, ist, wenn dir der erste Teller Suppe geschmeckt hat, nimm keinen zweiten, der schmeckt fad. Ehrlich, es war fad wie in der Ehe. Eine Pflichtübung.

»Ist dir das Unterrichten in deinem beschissenen Gymnasium nicht schon längst zum Kotzen?«, fragte mich Greg im Dezember im Restaurant »Blumenmarkt« im Zentrum von Belgrad.

Seine derbe Ausdrucksweise mochte ich nicht, konnte mich nicht daran gewöhnen, aber letztlich traf er fast immer den Punkt.

»Bis zur Pension muss ich durchhalten.«

»Musst du nicht. Kündige.«

»So viel zahlt ihr mir im Sommer auch wieder nicht, dass ich meinen Lebensstil damit aufrechterhalten könnte, die Wohnung in Belgrad und die Villa in Omiš. Sag nicht, die könne ich doch aufgeben, meine Frau würde mich erwürgen. Außerdem: meine Pensionsberechtigung ...«

»Komm, wir stellen dich ein. Du bekommst das Dreifache vom Gehalt in deiner blöden Schule, und das Honorar für die Akademie natürlich zusätzlich, das hat damit nichts zu tun.«

»Woher weißt du, wie hoch mein Gehalt ist?«

»Genau weiß ich es nicht, aber was zahlt der Staat schon großartig. Ich sage einfach, du kriegst dreimal so viel. Ganz offiziell, es wird also auf deine Rente angerechnet werden, die Beiträge werden natürlich weiterbezahlt. Es wird alles pünktlich am Monatsende auf dein Konto überwiesen oder du bekommst es in bar, wie du willst.«

Ich musste nicht lange herumrechnen. Es war fast unheimlich. Damit könnte ich Petar auf jede Hochschule der Welt schicken, ohne dass er ein Stipendium erbetteln müsste. Natürlich war es gleichzeitig dubios. Irgendwo musste es einen Haken geben. War es womöglich das berüchtigte Angebot, das man nicht ablehnen kann?

Ja, das war es.

»Wie lange darf ich es mir überlegen?«

»Das hat keine Eile. Unsere Leute sind sehr zufrieden mit deinen Leistungen. Wir werden ja als Nächstes eine Hotelanlage mit allem Drum und Dran und eine Marina nahe der Feriensiedlung planen. Die Nachbarschaft zur wissenschaftlichen Elite wird für die fucking *nouveaux riches* so attraktiv sein, dass sie jeden Preis zahlen, um bei uns Quartier zu nehmen.«

War das irgendwie logisch? Ein plausibles Businesskonzept? Natürlich nicht. Es war eher ein wenig verdächtig. Mir kam es sonderbar vor, aber ich führte es darauf zurück, dass ich von der Geschäftswelt keine Ahnung hatte, durchschaute noch nicht, dass es Greg und seinen Hintermännern überhaupt nicht darauf ankam, eine profitable Hotelanlage zu errichten, ihnen ging es nur darum, einen unverdächtigen Stützpunkt für ihre Geschäfte zu schaffen. Jugoslawien ohne Tito war ein Land ohne starke Hand.

»Hier ist doch gar nicht genug Platz für einen größeren Neubau.«

»Erstens haben wir mittlerweile den ganzen Strand gekauft, zweitens kann und wird man eine Halbinsel aufschütten, so wie es die Golfstaaten planen ...«

»Das würde doch die Natur verändern. Kann man das alles bauen samt Versorgung und Kanalisation für so viele Menschen, ohne die Umwelt zu beeinträchtigen?«

»Du bist großartig, Ari! Vor allem, wie du blitzschnell die Probleme erfasst, weniger, dass du die einfachen Lösungen nicht erkennst. Mit Zaster, mein Lieber, lassen sich die meisten

Schwierigkeiten überwinden, in diesem leicht korrumpierbaren Land noch leichter als anderswo …«

»Immer das Dreifache von dem anbieten, was der zu Bestechende hat?«

»Du hast es erfasst.«

»Nicht erfasst habe ich, woher dieses viele Geld kommt, mit dem du herumwirfst.«

»Geschäftsgeheimnis, Ari. Noch bist du nicht im engsten Zirkel, wo geplant und entschieden wird.«

»Ich hoffe, da werde ich nie dazugehören.«

»Ich glaube, dass diese Feststellung abermals beweist, wie klug du bist, mein Freund.«

Ich fuhr nach Omiš, berief unseren Familienrat ein und legte Milanka und Petar die entscheidenden Fragen vor: ob ich im Gymnasium kündigen und die Tätigkeit für Greg als Vollbeschäftigung für ein merkbar höheres Monatseinkommen annehmen sollte. Einzelheiten und meine Zweifel verschwieg ich.

»Was gibt's da zu überlegen, Daddy?«

Milanka stand sogar auf, um sich über mich zu beugen und mich auf die Wange zu küssen:

»Ich bin so stolz auf dich und freue mich auf unser zukünftiges Leben. Du wirst noch mehr Zeit haben zu schwimmen, und in der kalten Jahreszeit fliegen wir nach Ägypten oder in die Karibik. Ach, Ari …«

Sie vergoss sogar einige Tränen. Natürlich, schwimmen im strengsten Winter, immer dort, wo es am sonnigsten ist … Ich redete mir selber gut zu, man soll die gute Stunde nutzen, carpe diem, empfahl Horaz, weil das Leben so kurz sei.

Natürlich rief ich schon am nächsten Morgen Greg an und sagte, ich nähme gerne an, nur dieses Schuljahr wolle ich normal abschließen.

»Pflichtbewusst bist du wie immer! Das macht dich so wertvoll«, sagte mein verdächtiger Freund. »Ich freue mich für dich!«

Zum Abschied von den Schülern und den Kollegen zum Schulschluss gab es eine kleine Feier, dumme Reden, ich erhielt eine billige Uhr und eine Urkunde, der Direktor beteuerte, was für ein Verlust mein Abgang sei, und man sah, dass er froh war, mich loszuwerden. Ich habe nie versucht zu stören, gescheiter zu sein als andere oder gar das Ministerium, aber ihm entging nicht, wie dumm und veraltet ich unser Unterrichtssystem fand, weil man die Kinder nicht zu begeistern versuchte, sondern sie dressieren wollte. Aber nicht jedes Tierchen lässt das zu, weder mit Karotten noch mit der Peitsche. Die armen Löwen, Tiger und Elefanten geben strengem Druck nach. Selbst Delfine springen durch Reifen, um gaffende Menschenmeuten zu unterhalten, aber bei denen scheint mir, dass sie sogar Spaß daran haben.

Waren unsere Veranstaltungen sinnvoller, unsere Seminare, der Austausch von Gedanken mitunter tatsächlich gescheiter Menschen? Ich weiß es nicht. Jedenfalls kamen unsere Gäste gern, schon weil ein schöner bezahlter Urlaub mit ihren Vorträgen verbunden war, so wie es Greg prophezeit hatte. Die interessanteren Gespräche, auch Debatten, fanden ohnehin außerhalb des Programms an den langen Abenden bei Rotwein und Kräuterschnaps statt, begleitet vom Zirpen und Leuchten der Insekten. Als Pflichtmensch, wie mich so unterschiedliche Menschen wie mein Direktor, Greg und mein Sohn nannten, sorgte ich dafür, dass die Mitschnitte der Diskussionen und Vorträge transkribiert wurden, um sie dann veröffentlichen zu können. Die gedruckten Bändchen verteilten wir unter den Teilnehmerinnen und Teilnehmern, in den Glasschränken ihrer Institute und Arbeitszimmer sowie in den Universitätsbibliotheken würden sie in Ruhe Staub ansetzen können.

Milanka hatte recht gehabt, nun konnte ich schwimmen, so viel ich wollte, freilich meist nur zwei-, dreihundert Meter vor der Küste auf und ab, gedankenverloren. Es gab hier kein Buffet auf einer nahen Insel, kein Ziel, kaum Delfine. Als eines Tages endlich einer in meiner Nähe auftauchte, begann ich gleich mein eingebildetes Spiel, bat ihn inständig, seine Kollegen zu benachrichtigen, dass hier so einer sei, der sich mit ihnen unterhalten wolle. Er tauchte noch zwei-, dreimal auf und unter und verschwand. Bedeutete das, dass er mich verstanden hatte und meine Nachricht weiterleiten würde? Warum sollte ich nicht hoffen, er würde es tun? Auch der Himmel über dem Meer war zum Glück bevölkert. Möwen, leider auch Krähen, deren schönes Gefieder, das silbrige Schwarzgrau, sich gut neben dem Weiß der Tauben oder der Möwen machte. Krähen hassen den Menschen und wir sie auch. Hacken sie tatsächlich Gehenkten die Augen aus? Immer wieder kommt es in Städten zu Krähenangriffen auf Menschen. Möwen sollte man nur beobachten, wenn sie fliegen oder weit weg sind. Auch Schwäne sind ja nur in der Ferne schwimmend schön mit ihrem eleganten langen Hals – auf dem Festland watscheln sie blöder herum als Gänse. Mit vielen Menschen ist es nicht anders.

Den größten Teil des Jahres verbrachten wir altes Ehepaar nun also am Meer. Den Sommer ohnehin. Wenn es im Winter in Belgrad kalt war, bot Omiš Abwechslung.

Immer noch schmeckte mir der Wein. Immer noch? Falsch, er schmeckte mir immer besser. Hing das etwa damit zusammen, dass ich mir jetzt teureren leisten konnte?

Petar kam uns manchmal besuchen.

»Wie geht es En?«

»Danke, gut.«

»Warum bringst du sie nicht mit?«

»Das nächste Mal.«

»Aber ihr seid noch zusammen?«

»Ja, wieso nicht?«

»Ist alles in Ordnung mit euch?« Ich zögerte und sagte dann ausweichend: »Es scheint ein richtiges Drogenproblem in deiner Generation zu geben. Man liest in den Zeitungen allerlei.«

»Mach dich nicht lächerlich, Daddy. Du willst doch bloß wissen, wie es mit mir steht. Ab und zu ein Joint. Das ist nicht schlimmer als dein Wein und dein Schnaps. Was Hartes nehme ich nicht. Du machst es mir nicht leicht, zur Sache zu kommen.«

»Ich höre.«

Er wollte einen Programmierkurs belegen. Dafür reiche sein Taschengeld nicht. Solche Kurse brächten mehr ein als ein Studium an der Belgrader Uni.

»Also weißt du, ich habe gehört, dass die Absolventen der Elektrotechnischen und der Mathematischen Fakultät der Universität unserer Heimatstadt überall auf der Welt sichere Posten bekommen, zu den Besten gehören.«

»Kann schon sein. Aber wenn ich jetzt die Aufnahmeprüfungen mache und dann fleißig studiere, kann ich bestenfalls in fünf Jahren etwas erreichen. Das dauert mir zu lange und kommt auch viel teurer … Du hast mir nun einmal nicht deine Geduld und dein Pflichtgefühl vererbt.«

Selbstverständlich gewährte ich ihm die gewünschte monatliche Unterstützung, das war ja für uns jetzt kein Problem.

Ohne näheren Anlass, vielleicht aus einer grundsätzlichen Skepsis heraus, fürchtete ich, er könnte mir etwas verheimlichen. Aber ich konnte ihm ja nicht gut nachspionieren lassen! Das wäre unter meiner Würde gewesen.

Natürlich besprach ich meine Sorge mit Milanka, als er wieder weg war, doch sie hatte volles Vertrauen in ihn: »Er ist doch unser Sohn, Ari!«

»Ja, ja, aber …« Weiter mochte ich nicht reden, lieber nicht einmal denken. Viele Söhne aus besten Familien hatten Schlimmstes angerichtet.

Auch weiterhin redeten wir über die großen Reisen, die wir vorhatten, bestellten Prospekte, und das beschäftigte und unterhielt uns, als hätten wir die großen Reisen schon hinter uns.

Schwimmend grübelte ich eines Tages, ob das in meinem Leben bereits alles gewesen war. Bändchen mit dem Gerede der lieben Kollegen redigieren und drucken lassen. Würde das mein Lebenswerk sein? Kein entscheidender eigener Beitrag für die Sprachwissenschaft, schon gar keiner für die Literaturgeschichte, die mich eigentlich mehr interessiert hat. Irgendetwas Erinnernswertes? Nichts. Schade. Ich hätte auf meinen ersten Direktor hören sollen, versuchen, an der Uni unterzukommen, aber jetzt wäre ich selbst dort schon fast emeritiert. Zu spät, alles zu spät.

Und dann tauchte kein Delfin, sondern kein Geringerer als Greg als Deus ex Machina auf. Das neuste Bändchen war vor Kurzem fertiggestellt und versandt worden.

»Hast du es schon gelesen?«, fragte ich.

»Nein«, antwortete er. »Aber es wird schon ausgezeichnet sein, wie alles, was du machst. Unsere Leute sind sehr zufrieden mit deiner Arbeit …«

»Danke, hast du schon gesagt …«

Seine geheimnisvollen Leute. Ich wusste immer noch nicht wirklich, wer sie waren, besser gesagt, ich wollte es nicht wissen, hatte beschlossen, dass es mir egal zu sein hatte. Das großartig angekündigte Hotelprojekt war bisher nicht verwirklicht. Umso besser, dachte ich, vor dem Lärm der Baustelle hatte ich natürlich Angst.

»Wir haben etwas anderes im Sinn, und das hat mit deinem Hobby zu tun, ich glaube, es könnte dir Spaß machen.«

»Du jagst mir Angst ein«, wehrte ich nur halbwegs scherzend ab.

»Nicht nötig. Schwimmen ist doch dein Hobby. Könntest du dir vorstellen, von hier aus bis zur Insel Korčula zu schwimmen?«

»Warum sollte ich das?«

»Um ein konkretes Ziel zu haben.«

»Das brauche ich nicht. Mein Ziel ist es, im Meer zu sein, in diesem Element. Eins mit ihm. Als winziger Teil von etwas Riesengroßem. Das verstehst du nicht, du brauchst es auch gar nicht zu verstehen, du kennst womöglich nicht einmal den Spruch ›Der Weg ist das Ziel‹.«

»Könntest du es oder nicht?«

»Nein. Das könnte ich nicht. Das ist zu weit.«

»Aber wieso? Das ist doch nicht unmöglich. Ein gewisser Kapitän Matthew Webb hat bereits 1875 den Ärmelkanal bewältigt, das sind immerhin auch dreiunddreißig Kilometer.«

»Wie schön für ihn, mich interessiert so etwas nicht.«

»Kannst du dich erinnern, wie wir uns kennengelernt haben und was du mir damals gesagt hast?«

»Nicht im Detail. Worauf willst du hinaus, Greg? Eine Plauderei ist nicht deine Art, du führst doch etwas im Schilde.«

»Du hast erzählt, dass du auf dem Rücken im Meer liegend sogar schlafen kannst, dein Körper geht nicht unter, es bereitet dir sogar Mühe, wenn du eintauchen willst …«

»Habe ich das erzählt? Ja, das stimmt. Wieso?«

»Du würdest keine fünfzig Stunden brauchen. Du nimmst etwas Proviant in so einem Beutel mit, Schokolade, Bananen, Sandwiches, was du willst. Auf Korčula wächst der beste und teuerste Wein, der Dingač. Bis nach Korčula sind es, selbst wenn du dich zwischendurch ausruhst, nicht einmal vierzig Stunden.«

»Den Wein kenne ich. Den bekomme ich hier ja auch.«

»Ari! Wir möchten, dass du von hier aus auf diese Insel

schwimmst. Wir machen eine große Sache daraus. Wir gehen an die Presse, unser Leiter der Wissenschaftsakademie, der berühmte Sprachwissenschaftler Doktor Aaron Kukanić, hat beschlossen, auch auf sportlichem Gebiet eine herausragende Leistung zu erbringen und einen Schwimmrekord aufzustellen, um zu beweisen, dass Weisheit und Körperkultur gemeinsam möglich sind, *mens sana in corpore sano* …«

Wo hatte er das aufgeschnappt? Ich wollte ihn in die Schranken weisen und eine Falle stellen: »Das stammt von Decimus Iunius Iuvenalis aus dem ersten Jahrhundert: *orandum est ut sit mens sana in corpore sano.* Damit wollte er sagen, die Römer sollten nicht sinnlos beten und den Göttern opfern, sondern etwas Praktisches tun, sich bewegen. Schon Plato hat gefordert, Philosophen sollten unbedingt auch Gymnastik treiben. Bei den Olympischen Spielen der Griechen erhielt jeweils ein siegreicher Dichter genauso einen Lorbeerkranz wie die Ringer und Diskuswerfer. Die Römer jedoch waren verweichlicht und …«

Greg begriff gar nicht, dass ich ihm gerade die Absurdität des Spruches beweisen wollte, und klatschte:

»Na siehst du! Bravo! Und auf der Insel veranstalten wir eine große Pressekonferenz und du hältst deinen Vortrag zum Thema, so wie du eben angefangen hast …«

»Wozu?«

»Weil wir den Gästen, die in unsere Hotels kommen werden, sowohl Vorträge als auch sportliche Aktivitäten anbieten wollen. Die Medien werden darüber berichten, wir sorgen dafür, dass es die großen Fernsehanstalten senden, und die Gäste kommen in hellen Massen nach Korčula angeflogen, weil sie wissen, dass für ihr leibliches Wohl ebenso gesorgt wird wie für ihren Geist.«

»Aber von den Hotels gibt es doch noch keine Spur.«

»Große Sachen plant man langfristig. Probier es doch einfach einmal, Ari, du musst es ja nicht gleich entscheiden. Wir organisieren ein Probeschwimmen. Ein Boot begleitet dich und nimmt dich auf, wenn du genug hast oder nicht mehr weiterkannst. Wir testen es ganz konkret – und natürlich erst einmal diskret.«

Ich schwieg nachdenklich. Es wäre immerhin eine Abwechslung. Und ich hatte ja eben festgestellt, dass mir eine Herausforderung fehlte. Wissenschaftler als Rekordschwimmer. Nicht gerade mein Traum, jedoch …

»Aber nur unter der Voraussetzung, dass jetzt noch nichts verlautet wird!«

»Absolut, das verspreche ich dir. Die Probe findet selbstverständlich in aller Diskretion statt. Nur der Küstenwache sagen wir Bescheid, damit die dir nicht als Rettung nachfährt …« Und dann legte er einen weiteren Köder aus. »Draußen auf dem offenen Meer gibt es große Fischschwärme, also auch viele deiner geliebten Delfine.«

»Ich werde darüber nachdenken.«

»Ja, selbstverständlich und besprich es in aller Ruhe mit deiner Frau.«

Wenn der Alltag nicht so langweilig geworden wäre …

Gregor Bamski erstattete dem Großen Rat der Paten Bericht.

»Er macht es.«

»Stecken wir da nicht zu viel Aufwand und Zaster in eine relativ unbedeutende Angelegenheit?«

»Es könnte sich für die Zukunft als vorteilhaft erweisen, eine neue, sichere, unverdächtige Operationsbasis in Europa in Reichweite der montenegrinischen Hafenanlagen zu haben. Durch die Zuschüsse der Stadt und der montenegrinischen Regierung ist die Akademie ja fast kostenneutral.«

»Was wird Belgrad dazu sagen?«

»Man wird glücklich sein, der eine oder andere wird etwas für sich absahnen wollen.«

»Sollten nicht einige von uns hinfahren, um uns vor Ort ein Bild zu machen? Kann man sich auf Greg allein verlassen?«

Der saß mit am Tisch und sah ein wenig verdattert aus, weil man ihn wie Luft behandelte.

»Auf keinen Fall. Außer ihm soll niemand in Erscheinung treten. Dann bleibt im äußersten Fall alles als kleine Drogenaffäre an ihm hängen. Wir wissen ja, dass in Montenegro einige international gut vernetzte, lokale Clans tätig sind, die uns in die Quere kommen könnten, und wie gut die Kontakte zwischen der montenegrinischen Polizei und Interpol laufen, wissen wir nicht. Also Vorsicht! Wir wollen ja keinen neuen Krieg beginnen. Greg weiß, was ihn erwartet, wenn er versucht, uns auszutricksen. Diese Geschichte von der geplanten Hotelanlage, die wir ja nicht wirklich realisieren wollen, ist ausreichend plausibel, um auf diesem Weg ein wenig Geld zu waschen. Es wird aber genügen, ein paar Entwürfe zu beauftragen und die Quatschakademie weiterhin in den einfachen Bungalows abzuhalten.«

»Wird dieser Jude nicht Verdacht schöpfen? Juden sind schlau …«

»Sollte er gefährlich werden, kann ich das leicht erledigen. Dann ertrinkt der Arme, weil er seine Kräfte beim Schwimmen überschätzt hat, der arme, liebe Kerl, und wir engagieren einen anderen als seinen Nachfolger …«

Es wurden Zigarren gereicht. Wie bei Coppola. Aber nicht die ehrenwerte Gesellschaft ahmt die Filme nach, die Filme sind nach den Lebensgewohnheiten der Verbrecher gestaltet.

»Pet meldet sich nicht«, sagte meine Frau aufgeregt, während sie mir den Frühstückskaffee eingoss.

»Wie meinst du das?«, fragte ich zerstreut, es war der Tag, an dem ich ins offene Meer hinausschwimmen wollte, um festzustellen, wie weit ich es schaffe. Ein Boot mit Gregs Leuten sollte mich begleiten.

»Er meldet sich ja normalerweise jede Nacht Punkt halb zwölf.«

»Das wusste ich gar nicht.«

»Du bist ja immer unerreichbar oder du schläfst schon. Aber heute Morgen ganz früh habe ich ihn angerufen. Nichts!«

»Er wird sich schon melden. Vielleicht hat er irgendwo übernachtet, wo es kein Telefon gibt. Oder er war zu beschäftigt. Entschuldige, aber ich muss jetzt wirklich …«

Natürlich beschäftigte mich die Nachricht. Aber ich ging schwimmen, ließ sie allein mit ihrer verrückten Sorge. Sollte ich den Versuch absagen? Ein bisschen mulmig war mir ohnehin. In meinem Alter … Aber das Begleitboot stand schon bereit.

Ich fühlte mich gar nicht wohl, als ich ins Wasser stieg, die ersten Tempi fielen mir schwer. Leichte Schmerzen in der Rückengegend, so eine Art Müdigkeit in den Armen. Bald drehte ich mich auf den Rücken und ließ mich treiben. Doch dann biss ich die Zähne zusammen. Also weiter. Wäre doch ein Delfin gekommen, bei dem ich mich beklagen hätte können. Aus dem Motorboot wurde mir zugewinkt. Ich winkte zurück. Wahrscheinlich war mein Unwohlsein, so nannte ich es damals, Ergebnis der Sorge, besser gesagt, der Gewissensbisse, weil ich meine Frau mit ihren Ängsten allein gelassen habe. Nach anderthalb Stunden winkte ich meinen Gefährten, sie sollten näher kommen.

»Heute habe ich keinen guten Tag, ich drehe um.«

»Wollen Sie ins Boot steigen?«

Nach kurzem Zögern willigte ich ein.

Milanka erwartete mich sehr aufgeregt:

»Wir haben einen Anruf aus Italien bekommen. Es ging um Pet. Ich habe kein Wort begriffen, ich glaube jedoch, man hat mich verstanden und gesagt, dass du anrufen sollst. Hier ist die Nummer.«

Natürlich rief ich sofort an. Eine männliche Stimme antwortete:

»Pronto!«

Ich nannte meinen Namen.

»Momento!«

Dann war auch schon Pet am Apparat: »Papa, überweis bitte so bald wie möglich, also sofort, zweitausend, nein, lieber dreitausend Mark auf das Konto, das dir Signore Pelloni gleich nennen wird …«

»Was ist los, Petar? Wo bist du?« Natürlich war ich entsetzt.

»Es ist kompliziert. Ich bin in Palermo. Ich erzähl dir alles, wenn ich wieder zurück bin. Mir ist der Reisepass gestohlen worden. Und das ganze Geld, das ich dabeihatte …«

»Und deine Freundin? Ist sie bei dir? Ist bei ihr alles in Ordnung?«

»Die sitzt mit mir in der Patsche.«

Also ließ ich mich mit Pelloni verbinden. Der gab mir in schlechtem Englisch eine Kontonummer durch und legte auf.

Ich hatte überhaupt keine Erfahrung mit internationalen Geldüberweisungen. Greg war zum Glück sofort erreichbar, wir trafen uns in unserem Café und ich berichtete ihm.

»Gib mir einmal die Nummer, die du angerufen hast.« Er lachte: »Pelloni nennt er sich jetzt, der Schuft. Immer mit der Ruhe, Ari, das erledige ich im Handumdrehen. Bleib schön sitzen und bestell noch zwei Grappa, ich komme gleich wieder.«

Tatsächlich war er zehn Minuten später wieder da.

»Sei morgen Abend am Flughafen in Belgrad. Petar kommt mit seiner Puppe mit dem Flug aus Rom.«

Ich war so erleichtert, dass ich nicht sofort alles begriff. Ich schwieg, während er süffisant fortfuhr:

»Er hat noch Glück gehabt. Und ihr beide, Milanka und du, ebenfalls. Dein blöder Sohn und seine Freundin haben mit einer Clique aus Belgrad versucht, in Rom Heroin zu verkaufen. In Rom! Und natürlich haben sie sich selber nebenbei reichlich bedient. Einige saubere Kerle waren schneller als die Polizei, haben die Gruppe aufgerieben und Petar und das Mädchen nach Palermo gebracht. Sie hatten den Plan, euch zappeln zu lassen, nach und nach, wenn ihr schon ganz verrückt geworden seid, immer mehr Lösegeld zu fordern. Aber jetzt ist das erledigt.«

Als die erste Erleichterung verklungen war, ergriff mich ein neuer Schrecken.

»Wie soll ich dir danken, Greg. Was hast du gezahlt? Natürlich erstatte ich es …«

»Quatsch nicht. Nichts habe ich bezahlt. Du schuldest mir einen kleinen, einfachen Gefallen, aber darüber später einmal. Fahrt jetzt nach Belgrad. Versucht, den jungen Mann in einer Drogenklinik unterzubringen. Die in der Palmotićeva-Straße ist sehr gut. Sie ist total überlaufen, aber wir können ihm einen Platz besorgen, er muss halt einsichtig sein und seine Einwilligung geben. Deshalb rate ich zur Eile, denn jetzt steht er noch unter Schock. Ihr als Eltern müsst ebenfalls unterschreiben und jemand in Belgrad muss als Kontaktperson bereitstehen. Vielleicht könnte deine Frau dortbleiben, dann müsst ihr keinen Dritten einweihen. Du aber komm bitte zurück, wenn alles geregelt ist.«

So einfach war alles für ihn. So mächtig war er. Er musste mir gar nicht drohen, ich wusste, dass sie meinen Sohn jetzt in der Hand hatten. Und damit mich. Und wer sie wirklich waren, wusste ich jetzt auch zweifelsfrei, sie waren jedenfalls mächtiger als kleine Gelegenheitsdealer.

Hatten sie Pet absichtlich in diese Falle gelockt, um mich in den Griff zu bekommen? Ich machte mir Vorwürfe. Milanka begriff davon natürlich nichts. Aus meinen Jahren an der Schule wusste ich einiges über Drogen und junge Leute in Belgrad, auch über Bandenkriminalität. Und über die Mafia. Mit wem konnte ich darüber sprechen, aufrichtig, offen?

Da fiel mir Janko Ried ein. Ich rief ihn an. Er hatte seine Stelle in der Schule aufgeben können und war im Finanzministerium untergekommen.

»Aaron! Was verschafft mir die Ehre? Ich habe gehört, dass du auch in der Schule gekündigt hast und als Wissenschaftler irgendwo am Meer gelandet bist. Glückwunsch! Du hättest dich allerdings bei mir abmelden können …«

»Ja, Janko. Ich schäme mich. Aber jetzt brauche ich deinen Rat. Können wir uns treffen?«

Sein ironischer Ton wich augenblicklich freundschaftlicher Anteilnahme:

»Ja, übermorgen, am Samstag, zum Angeln. Dann können wir in Ruhe reden …«

Selbstverständlich kam ich nicht sofort auf das Thema. Er warf in Ruhe zwei Angeln aus, dann wandte er sich einladend zu mir:

»Ich höre!«

Das Wort Mafia benützte ich nicht, erwähnte Palermo nicht, erzählte, Petar habe sich in Rom in schlechte Gesellschaft begeben, in der Heroin nicht nur konsumiert, sondern auch weitergedealt wurde. Freunde hätten ihn nach Belgrad gebracht und er sei jetzt in der Entzugsanstalt in der Palmotićeva-Straße …«

Mein Freund unterbrach mich freundlich:

»Ich verstehe. Das soll eine gute Klinik sein. Ich bin in so einem Anglerverein, weißt du, eines unserer Mitglieder ist ein Professor der Psychiatrie, wenn ich nicht irre, ist er dort Primarius. Ich rufe ihn an und wenn ich etwas erfahre, melde ich mich. Wie heißt dein Sohn?«

Dann erzählte ich ihm von der Akademie und der geplanten Feriensiedlung. Er wunderte sich, nichts darüber gelesen oder gehört zu haben. Wieso verschwiegen die serbischen Medien so eine interessante Geschichte? Verschickte die Akademie keine Presseerklärungen? Unbegreiflich. Ich schluckte. War es möglich, dass Greg das übersehen hatte, oder war es umgekehrt und er hatte Sorge dafür getragen, dass die Geschichte verschwiegen wurde? Später begriff ich. Es ging darum, auf keinen Fall die Polizei in Belgrad aufmerksam zu machen, mit der lokalen konnte man sich immer arrangieren, die war schon bestochen.

Bereits drei Tage später rief mein Freund an.

»Der Professor hat sich erkundigt. Es wurde bereits von anderer Seite bei der Klinik für deinen Sohn interveniert. Einmischungen von außen seien natürlich unerwünscht, alle Patienten würden mit derselben Aufmerksamkeit behandelt. Er werde den Jungen aber ausnahmsweise persönlich untersuchen und danach beurteilen, ob er dir oder deiner Frau etwas mitzuteilen hat.«

Ich bedankte mich überschwänglich, lud ihn ein, wann immer er wolle, mit seiner Familie einige Zeit bei uns am Meer zu verbringen. Mehr konnte ich jetzt nicht tun. Nicht hier. Ich musste ja meine Schuld bei Greg abarbeiten. Aber immerhin war es eine große Erleichterung nach dem Schrecken. Die Phrase, dass einem ein Stein vom Herzen fällt, hatte ich stets für dumm gehalten, aber sie fiel mir jetzt ein, denn so fühlte ich mich, ich hätte es nun einmal nicht besser ausdrücken können, als dass mir ein großer, ein sehr großer Stein vom Herzen gefallen war.

Mein Sohn! Er hatte mir doch so überzeugend von seinen guten Plänen erzählt. Oder war ich einfach zu unaufmerksam gewesen, hätte ich mich weniger schnell zufriedengeben dürfen? Ich hatte mich nur für meine Schwimmerei interessiert, für mein Hobby, für meine Bequemlichkeit, hatte mich nicht nur aus Bequemlichkeit gegen die Universitätskarriere entschieden, sondern auch mein Kind vernachlässigt. Jetzt würde ich dafür bezahlen müssen. Das würde ich tun, und wenn es mit meinem Leben wäre.

Vor dem Balkon meiner Wohnung schrien auffallend viele Krähen. Waren es mehr als früher? Oder war ich empfindlicher geworden?

»Und, wie läuft es?«, wurde Greg von seinen Partnern gefragt.

»Wie geschmiert. Besser als geplant und vor allem schneller. Jetzt könnt ihr sehen, was ihr an mir habt.«

»Nur nicht zu frech werden, Mann!«, sagte der Capo di tutti Capi.

Alles geschah, wie Greg es empfohlen hatte. Empfohlen? Befohlen hatte er es. Jetzt hieß es, klaren Kopf zu bewahren. Über Janko den Primararzt einzuschalten, war sicher nicht falsch gewesen.

Ich konnte nicht länger die Augen verschließen, ich musste das ganze Unterfangen, unsere Sommerakademie, als das erkennen, was sie wirklich war. Ein Projekt, in das diese Leute, die Mafia, viel Geld gesteckt hatten. Womit sie mich gekauft hatten. Natürlich, es war die Mafia, jeder Zweifel, den ich zuvor gehabt hatte, jede Hoffnung, das sei nur eine Frucht meiner ausufernden Fantasie, waren beseitigt, es lag auf dem Tisch. Vermutlich waren für diese Leute die Investitionen keine große Summe. Und das Projekt dahinter, die Ferienanlage? Immer mit der Ruhe, forderte ich mich auf. Manches wird sich noch herausstellen. Vor allem, was der »kleine Gefallen« war, den Greg von mir erwartete.

War mir bei meinem Versuch, so weit wie möglich hinauszuschwimmen, deshalb so übel geworden, weil ich in Sorge wegen meines Sohnes war? Möglicherweise eine böse Vorahnung? Oder war ich alt, einfach alt geworden, altersschwach? Dafür war jetzt kein Platz, jetzt musste ich gesund, stark, also jung sein, bis sich dieses Problem erledigt hatte. Mit knapp über sechzig ist man doch ohnehin kein Greis. Ich habe sehr rüstige Achtzigjährige kennengelernt, glaubte, noch zwei gute Jahrzehnte vor mir zu haben.

Zurück am Meer beschloss ich, meine Kondition zu testen. Ohne jemanden zu informieren, schwamm ich am frühen Morgen los – und es ging gut. Wie gewohnt. Eine Viertelstunde vom Ufer entfernt tauchte ein Delfin auf. Was für ein gutes Zeichen.

»Wie geht es, Kamerad? Gibt es hier Fische?«

Wenn ich es richtig verstand, hieß er mich willkommen und ermutigte mich, weiter hinauszuschwimmen. Jetzt aber durfte ich kein Risiko eingehen, ich musste mich bereit halten, um die Schuld für meinen Sohn abzutragen. Gerade überlegte ich, ob ich bereits wieder umkehren sollte, als ein Boot der Küstenwache auf mich zusteuerte.

»Geht es Ihnen gut, Professor?«

»Ja, danke. Wieso machen Sie sich Sorgen um mich?«

»Man hat uns gesagt, dass Sie planen, einen Rekord im Extremschwimmen für Senioren aufzustellen, wir sollten auf Sie aufpassen …«

»Sie wissen von dem Plan?«

»Unsere Aufgabe ist es, alles Mögliche zu wissen …«

Später, als ich erfuhr, welcher Art die Gefälligkeit war, die ich für Greg zu leisten hatte, berichtete ich ihm von dem Zwischenfall und davon, dass die Küstenwache offensichtlich den Auftrag hatte, mich speziell zu überwachen.

»Das weiß ich. Wir haben das angeregt.«

»Verstehe ich nicht.«

»Wenn die Polizei wo zugegen ist, weil man sie im Voraus um ihre Unterstützung gebeten hat, dann schöpft sie keinen Verdacht, dass es sich um etwas handeln könnte, das nicht ganz legal ist. So einfach ist das, sie wird uns vor sich selbst beschützen.«

Unsere Sommerakademie sollte dieses Jahr erst Ende Juli beginnen, die Vorbereitungen waren abgeschlossen, die Einladungen längst verschickt und die meisten Zusagen angekommen. Gut und schlecht für mich. Schlecht, weil mich keine dringende Arbeit von meinen Sorgen ablenkte, gut, weil ich viel Zeit hatte. Viel zu viel Zeit. Für Petar konnte ich im Augenblick nichts direkt tun, das war schlimm, ich konnte nur hier am Meer auf die Aufgabe warten, die Greg mir stellen würde. Ich überlegte, ob ich ihn drängen sollte, mir endlich konkret zu sagen, was mich erwartete, dann wieder zauderte ich, hatte Angst, aber letztlich erledigte sich die Frage von selbst – Greg war gar nicht da und auch nicht erreichbar für mich. Eine ungewohnte Situation.

Zum Schwimmen hatte ich erstmals keine Lust. Hatte ich alles satt? Sogar das Meer? War es die Angst zu erleben, wie meine Kräfte nachließen? Ich setzte mich auf die Terrasse des Hotels, in dem wir oft frühstückten oder unseren Kaffee einnahmen, bestellte frisch gepressten Orangensaft und sah auf das Meer. Seit meiner Kindheit hatte ich mich nicht damit begnügt, es aus der Ferne zu betrachten, immer hatte ich es nur als Angebot gesehen, darin zu schwimmen. Verwundert stellte ich fest, wie schön der Anblick war. Wie wunderschön. Nicht nur zum Baden, zum Kraulen und Tauchen, sich auf dem Rücken liegend vom Wasser umschmeicheln zu lassen, während man den Himmel und die Wolken bewundert, sondern für sich genommen, wie es so da lag, in hundert Nuancen von Grau bis Blau schimmernd, glänzend, flimmernd, glitzernd, aufleuchtend, am Abend dunkel werdend, ins Silberne, ins Goldene hinüberspielend, spiegelglatt oder plötzlich wütend peitschende Wellen an die Uferfelsen schickend. Schwach ist die Sprache des Menschen, um die Natur zu beschreiben. Ich nahm das Meer auf neue Weise wahr, ließ die Zeit jetzt hier sitzend verstreichen. Ich beschloss, etwas zu lesen, um die Zeit zu füllen. Ich ging in die Hotelbibliothek, und mein Blick fiel auf einen schmalen Band, Hemingway, »Der alte Mann und das Meer«. Das hatte ich in meiner Studentenzeit gelesen, erinnerte mich nur noch grob an die Handlung. Wie würde mir heute der Stil gefallen? War es die richtige Lektüre für einen leichten Zeitvertreib? Nein, so bin ich nicht gestrickt, Bücher sind da, um über sie nachzudenken.

Suchen wir die Bücher, die wir gerade brauchen, oder finden sie uns? Ich konnte den kleinen Roman nicht oberflächlich lesen, fragte mich, wie alt dieser Greis wohl war, dieser Santiago, der es, obwohl er Fischer ist, nicht mehr mit einem großen Fisch aufnehmen kann, der Schwächling. Kapitän Ahab in Melvilles »Moby-Dick« führt seinen Kampf mit einem gewaltigen Wal, der dreißig Meter lang ist, Santiago hat es bloß mit einem nicht einmal fünf Meter langen Marlin zu tun.

Hemingway erwähnt in seinem Roman auch das Spiel zweier Delfine, er behauptet, der alte Mann habe das Pfeifen der männlichen Tümmler von dem der weiblichen unterscheiden können. Das ist mir neu, ich muss demnächst einen meiner Delfin-Freunde fragen.

Die meisten Literaturwissenschaftler meinen, der Autor habe seinen Freund Gregor Fuentes als Vorbild gehabt. Auch ein Gregor! Hemingway selbst bestritt das, Santiago sei eine erfundene Gestalt. Gut möglich, aber immerhin vermachte er diesem Mann sein Boot und vieles andere. Als Hemingway das Buch schrieb, war Fuentes vierundfünfzig Jahre alt. Jünger als ich jetzt. Hemingway beschreibt ihn als kraftlosen Greis. Sollte ich daraus schließen, dass ich ein kraftloser Greis war? Die Idee schüttelte mich durch, aber ich hatte es ja mit freundlichen Delfinen zu tun, weder mit Schwertfischen noch mit Walen oder gar Haien. Das hier ist die Adria, nicht der geheimnisvolle Ozean. In der Karibik, unter zu heißer Sonne, altert man schneller … Haie gibt es freilich auch hier. Einen jungen Mann hatte einer in Budva zehn Meter vom Strand entfernt getötet … Hemingway war schon lange tot, aber der fast hundertjährige Fuentes lebte immer noch.

Der Einfluss des Dialogs, wie Hemingway ihn eingeführt hat, auf die neue Literatur der jeweiligen Sprachräume könnte ein Fachthema für meine Gäste sein, vielleicht war es für das kommende Jahr ein brauchbarer Gedanke. Hier unterbrach ich meinen Gedankenfluss, um festzustellen, dass ich unbewusst also davon ausging, das nächste Jahr normal zu erleben. Wieso auch nicht?

Auf dieser Terrasse sitzend dachte ich auch über den Wind nach, denn das Meer kann man sich nicht ohne Wind vorstellen, selbst wenn er gerade ausbleibt und das ewig große Wasser ganz still ist, nennt man die Lage Windstille. Den Wind spürt man als angenehme Brise oder als Gefahr und Bedrohung, und seine Wirkung zeigt sich im Gang der Wogen. Den Mond bewundert man in milden Nächten, aber seinen riesigen, entscheidenden Einfluss auf die Gezeiten bedenkt man selten. Manche Gewalten kennt und fürchtet man, andere bleiben unsichtbar – die sind gefährlicher.

Schwimmen im Meer hat ja immer mit dem Wind zu tun, der für die Wellen verantwortlich ist, aber besondere Gedanken hatte ich mir bisher nicht darüber gemacht. Ein Blick in alle Himmelsrichtungen genügt normalerweise, um zu erkennen, ob Gefahr droht. Jetzt, auf der Terrasse, begann ich darüber nachzudenken. Ohne Meteorologe sein zu wollen, die eine viel feinere Einteilung kennen, sind für mich nur drei Arten der hier häufigen Winde wesentlich. Der Scirocco, auf unserer Seite der Adria Jugo genannt, einfach Südwind, er weht, wie sein Name verrät, vom Süden, vom Meer aus dem Ufer entgegen, bringt Regen und garantiert schlechte Laune. Die Bora bläst in umgekehrter Richtung, wir sagen Bura, was in der Alltagssprache einfach Sturm bedeutet. Manchmal stark wie ein Orkan, stärker in der Nähe des Festlands, da kann er großen Schaden anrichten, ab zehn Meilen von der Küste entfernt schwächt er sich ab. Keine guten Voraussetzungen zum Schwimmen, weil die Wellen hoch sind und kreuz und quer jagen. Windhosen sind nicht häufig, man erlebt sie in Montenegro und Dalmatien nur manchmal im Hochsommer, sie bewegen sich wie besoffene Menschen hin und her, und es ist keineswegs ratsam, von ihnen erwischt zu werden. Im Sommer jedoch streichelt uns am Nachmittag der Mistral, der hier Maestral heißt. Den kennt man auch anderswo am Mittelmeer:

Mistral-Wind du Wolken-Jäger,
Trübsal-Mörder, Himmels-Feger,
Brausender, wie lieb ich dich!

hat Nietzsche geschmachtet, lange bevor er verrückt geworden ist.

Halt! Wäre das nicht auch ein Thema für uns? Was war kein Thema für Philologen, für Denker ganz allgemein? Der Mistral oder überhaupt der Wind in der Lyrik? Er war eben nicht nur für die Luft- und Raumfahrt interessant, fürs Segeln und fürs Surfen, sondern ebenso für die Stimmung verantwortlich, und Stimmung ist Lyrik, Literatur überhaupt … Für Spinner wie mich führte jedes Thema zur Literatur. Warum wohl jeder Dummheit nachzueifern, spinnen genannt wird? Die Spinnen sind doch fleißige Lebewesen, spinnen ihre Netze durchaus vernünftig, keineswegs dumm. Verrückt ist man wohl, wenn man zu viele verschiedene Gedanken gleichzeitig spinnt und dadurch alles durcheinanderbringt. Ist nachzudenken über diese Bedeutung von spinnen im Gegensatz zum Spinnen an sich ein gutes Beispiel dafür, was spinnen ist, oder ist es schlicht Unsinn?

Zum Teufel, ich hatte andere Sorgen und ließ trotzdem meine Gedanken wanken wie eine Windhose.

Der Direktor des Hotels, dessen Terrasse wir so gerne besuchten, auf der ich nachdenklich gesessen war und das Meer betrachtet und Hemingway gelesen hatte, lud eine Woche vor Beginn der diesjährigen Sommerakademie zu einer Segelbootfahrt ein. Er war Skipper, hatte ein schönes Zehnmeterboot, ich, als der »verehrte Herr Professor«, war der Ehrengast, einige seiner Freunde, zwei Familien mit Kindern, sogar ein kleiner Hund, waren ebenfalls mit von der Partie. Seine Frau war zu Hause geblieben, um eine Grillparty für uns vorzubereiten.

»Seltsam, wie aufgeregt die Möwen heute fliegen«, sagte jemand, als wir den Hafen verließen, um Richtung Südosten zu segeln.

»Die werden einen großen Fischschwarm entdeckt haben«, beruhigte der Hoteldirektor als lokaler Experte. »Allerdings sind auch die Krähen irgendwie aufgeregter als sonst. Und ich habe heute Morgen Fledermäuse bemerkt, die sonst nur im Dunkeln herumschwirren und Frauen erschrecken, die fürchten, sie könnten sich in ihren Frisuren verheddern …«

Wenn der Mann, ein guter Kenner des örtlichen Klimas, so gelassen war, drohte wohl keine Gefahr. Dachte ich. Ich hatte ein Glas einheimischen Grappa in der Hand und langweilte mich, weshalb ich wohl als Erster die schwarze Wand hinter uns bemerkte.

»Und was ist das?«

Der Direktor drehte sich um, schrie auf. »Himmel! Verdammt!«, riss an der Segelleine, ließ die Segel fallen, schaltete den Motor ein, riss das Steuerrad herum und wendete das Boot, das nun mit voller Kraft direkt auf die Wand zusteuerte. War er verrückt geworden, fragte ich mich, hielt mich aber still, er würde schon wissen, was zu tun war, bei aller Schwimmerei war ich letztlich eine Landratte. Dann warf er den Anker aus. Einen Anker mitten im tosenden Meer? Ich wusste nicht, wie lange die Ankerkette eines so kleinen Bootes ist. Der Bug des Bootes zeigte weiterhin frontal zur Wand, der Motor zerrte an der Ankerkette, als ginge es darum, das Boot loszureißen und auf die Wand zuzusteuern. Wie bei Schiller gab der Ozean alles von sich – es wallet und siedet und brauset und zischt, wie wenn Wasser mit Feuer sich mengt, brüllte ich, bis zum Himmel spritzet der dampfende Gischt, und Flut auf Flut sich ohn Ende drängt, es konnte mich ja keiner hören, und will sich nimmer erschöpfen und leeren, als wollte das Meer noch ein Meer gebären. Zu meiner Rezitation, wenn es überhaupt eine war, jammerten die Frauen auf dem Boot, weinten und winselten die Kinder, fluchten die Männer, also konnte ich, ohne für wahnsinnig gehalten zu werden, über die hohen Wellen schreien:

»Delfine, Freunde, Brüder, was macht ihr? Stört euch das Unwetter? Ist es schwer, im Unwetter aufzutauchen, hoch genug zu springen, um zu atmen?«

Ich glaubte, die Antwort zu hören:

»Dummer Mensch, der du bist, obwohl du mit uns verkehrst. Überlege. Hat Noah unsere Vorvorfahren, die Wale, mit in die Arche genommen? Hat er nicht. Die blieben mit den Fischen im Wasser, haben die Sintflut nicht nur gut überstanden, sondern sie genossen. Das hier ist doch keine Sintflut, das bisschen unruhige Wetter wirbelt uns die Sardinen ins Maul.«

Unser Boot schien in den Himmel fliegen zu wollen, dann in einen Abgrund zu stürzen, es ging auf und ab und ich begriff, dass ein seitlicher Angriff des Sturmes das Boot zum Kentern bringen, es frontal aber standhalten würde. Und wenn nicht? Ich wäre noch am ehesten in der Lage gewesen, auf diesen zwei, drei Meter hohen Wellen zu schwimmen, ich müsste nur rechtzeitig die Schuhe loswerden und darauf achten, nicht unter das Boot zu geraten. Würde ich versuchen, einen anderen zu retten? Den Erstbesten? Ein Kind? Konnte man bei diesem Wellengang die üblichen Rettungsschwimmergriffe überhaupt anwenden oder würde mich der, den ich retten wollte, mit sich ersaufen lassen? Ich fürchte, ich hätte nur an meine eigene Haut gedacht, mich getröstet, dass Petar mich brauchte und ich deshalb am Leben bleiben müsse, andere Väter sollten ihre eigenen Söhne retten, ich erwartete von ihnen auch nichts.

Rächte sich die Natur, weil ich mit dem Teufel Greg ein Bündnis abgeschlossen hatte? Fast so plötzlich, wie das Unwetter aufgezogen war, hellte sich erst der Himmel auf, danach glättete sich das Meer schnell und nach Minuten brach die Abendsonne rot unter den letzten hellgrauen Wolken hervor.

»Überstanden, Leute!«, rief unser Kapitän, der Hoteldirektor, und stellte den Motor ab. »Einer muss mir bitte helfen, den Anker zu lichten, dann tuckern wir gemächlich nach Hause. Inzwischen wird meine Frau unseren Garten halbwegs in Ordnung gebracht haben. Seid ihr vor Schreck jetzt wenigstens richtig hungrig geworden?«

In der Marina waren fast alle Boote gekentert, auch die ziemlich großen, eines hatte sich losgerissen und unser Skipper musste achtgeben, nicht mit dem Wrack zusammenzustoßen.

Fleisch, Wurst und Fisch schmeckten wie noch nie. Alle betranken sich, auch der Direktor, unser Skipper und Kapitän, Wirt und Retter. Ich nicht, obwohl ich mittrank. Reichlich. Ich wusste, ich hatte soeben eine Lektion erhalten, war in die Schranken gewiesen worden, sollte bescheidener gegenüber den Naturgewalten werden, ehrfürchtiger, auch wenn es gerade keinen Orkan gab, denn er konnte ja jeden Augenblick unerwartet losbrechen. Das hatte ich jetzt gelernt.

Während des Sturmes und der Katastrophe in der Marina war von der Küstenwache nichts zu sehen gewesen. Die hatte sich mit ihren starken Booten in irgendeiner Bucht in Sicherheit gebracht und abgewartet. Denen, die weit draußen vor der Küste segelten, war nichts geschehen, sie hatten die Segel gerafft, mit zunehmendem Abstand von der Küste nimmt die Stärke dieser Winde ab. Keiner von ihnen musste gerettet werden, trotz ihrer Feigheit hatten sich also die Uniformierten nichts vorzuwerfen. In der Stadt allerdings lagen Strommasten und Bäume umgestürzt auf den Straßen, Gartenzäune, sogar Autos waren weggewirbelt worden, manche Dächer beschädigt, am Ufer lagen Sonnenschirme und Liegestühle wie durcheinandergeworfen. Die Polizei und die Feuerwehr jedoch waren ebenfalls nicht aus ihren sicheren Verstecken aufgetaucht, hatten sich um nichts gekümmert. Jetzt waren sie überall da, um eifrig für Ordnung zu sorgen. Gut zu wissen, auf wen man sich wann verlassen kann: auf niemanden. Nie. Bei uns zu Hause war nichts passiert, die Holzläden vor den Fenstern schließe ich tagsüber immer, um es kühler zu halten.

Mitten in der Nacht, als ich vom Grillfest nach Hause kam, schien es mir zu spät, meine Frau anzurufen und Entwarnung zu geben. Das warf sie mir am nächsten Morgen vor. Auf meine Frage, was es denn Neues gebe, antwortete sie kurz angebunden:

»Nichts. Alles so weit in Ordnung. Pet macht brav seine Therapie, sagt man mir. Sehen darf ich ihn jetzt nicht. Also nichts Neues.«

Bei Remarque heißt der letzte Satz seines Erfolgsbuches: »… im Westen sei nichts Neues zu melden.« Von mir aus könnte es jeden Tag lauten: »Im Norden gibt es nichts Neues zu melden, in Belgrad nichts Neues.«

Die Ungewissheit, was mich erwarten würde, lag mir schwer im Magen, verdarb mir den Appetit, statt eines guten Bissens zog ich immer öfter einen tiefen Schluck vor. Tagelang wartete ich unruhig darauf, dass Greg sich meldete, und war auf Unangenehmes gefasst. Unangenehmes? Auf Tragisches. Tragisches? Was war für ein Durchschnittsmenschenleben nach Weltkrieg Nummer zwei noch tragisch? Abschied nehmen ist nicht wirklich tragisch. Oder doch? Es hängt davon ab, für wen. Für mich, zum Beispiel. Wovon? Oder von wem? Vom Leben? Sag beim Abschied leise Servus, nicht Lebwohl und nicht Adieu … Ein österreichisches Liedchen. Was mir nicht alles einfällt.

Als hätte mich die Natur mit dem Erlebnis auf dem Boot noch nicht genug aufgerüttelt, machte sie mit einem anderen ihrer gewaltigen Elemente auf sich aufmerksam, mit dem Feuer. Auf den Abhängen der Berge, die hinter Budva in die Höhe ragen, brachen Waldbrände aus, wo kein Wald mehr wuchs, brannte die Macchia. Es war nicht das erste Mal seit ich hier war, aber diesmal schien mir der Feuerschein stärker. Tatsächlich entwickelte sich ein Lauffeuer nach dem anderen und bald vereinten sie sich zu einem flächigen Waldbrand. Lichterloh schlugen Flammen gegen den Himmel, überraschend schnell bildete sich eine Feuerwalze, die bergabrollte. Anfangs unterhielt es mich sogar. Es war etwas Neues. Sicher waren Raucher daran schuld. Wenn Leute wie dieser Greg sogar beim Baden und Schwimmen Zigaretten mithatten, um zu rauchen, und sie die Kippen einfach neben sich ins Meer schnippten, es bedenkenlos beschmutzten, kontaminierten und dabei den anderen die Lust an der blauen Schönheit verdarben, warfen sie auch oben ebenso bedenkenlos beim Arbeiten oder beim Spaziergehen ihre Zigarettenstummel einfach weg und so etwas war dann das Ergebnis. Da oben waren früher einmal schöne, dichte Wälder gewesen, die waren aber längst zu diesem unnützen Gebüsch degeneriert. Da konnte man nichts machen. Oder doch? Und wie! Aufforsten! Aber das war nicht mein Bier. Also legte ich mich ruhig schlafen, ohne darüber nachzudenken, wie viele Leute diese Nacht in Sorge verbrachten und ob dieser Brand auch für uns in der Stadt und ihrer Umgebung zur Gefahr werden könnte.

Ich hatte ganz gut geschlafen. Als ich mit der Kaffeekanne in der Hand auf unsere Terrasse trat, konnte ich ein merkwürdiges Geschehen auf dem Meer verfolgen. Das Dröhnen des Flugzeugs hatte ich zuerst gar nicht zur Kenntnis genommen, Lärm war man gewöhnt. Es sah aus, als würde die riesige, plumpe Kiste abstürzen, doch dann setzte sie ruhig auf dem glatten Wasser auf, um gleich wieder aufzusteigen, am Himmel einen Kreis zu ziehen und dann weiter auf unsere Berge zuzufliegen. Mein Blick folgte ihr und jetzt erst sah ich auch den Brand, der über Nacht näher gerückt war und über dem die Maschine sich entleerte, einen Schwall Wasser fallen ließ, um dann kehrtzumachen, um mit demselben Manöver eine neue Ladung Wasser aus dem Meer zu holen.

Waldbrände sind im Süden Europas häufig, aber nur sehr selten, es heißt, höchstens in fünf Prozent der Fälle sind sie auf natürliche Ursachen wie Blitzeinschlag zurückzuführen. Alle anderen Brände werden durch menschliche Unachtsamkeit oder Blödheit, durch weggeworfene Zigarettenstummel oder von reflektierenden Glasscherben ausgelöst, manchmal durch ungeschickte Versuche, das Gebüsch zu roden, um landwirtschaftliche Flächen zu gewinnen, sehr häufig aus kriminellen Absichten, um Bauland zu schaffen. Es ist das Versagen des menschlichen Gehirns, das den Schaden verursacht, der menschliche Verstand erfindet und baut Maschinen wie die Löschflugzeuge oder Löschhubschrauber, mit Kameras ausgestattete Flugzeuge, die jeden aufsteigenden Rauch feststellen und Alarm auslösen. Speer und Schild, Gift und Gegengift.

Über verheerende Waldbrände in Griechenland, in Portugal und Spanien, noch schlimmere in den USA und Kanada habe ich gelesen. Auch über die armen, ach so beneidenswerten Hollywood-Millionäre, die ihre Villen angesichts der vordringenden Feuersbrunst verlassen mussten. Alles so weit weg von uns. Jetzt aber sah ich es live, es geschah vor meiner Nase und es war vorstellbar, dass es einmal unsere Ferienanlage in Schutt und Asche legen würde. Es wäre nicht mein Schaden. Oh, doch. Mein Einkommen! Und die Gefälligkeit, die Greg von mir erwartete, weil er meinen Sohn gerettet hatte.

Diesmal hatten diese Riesenflieger die Gefahr noch bannen zu können – aber das nächste Mal?

Die Natur ist stärker. Das Feuer war ja nicht die einzige Bedrohung. Unsere Gegend liegt in einer Erdbebenzone. Dubrovnik wurde am 6. April 1667 durch ein Erdbeben total vernichtet. Ebenfalls an einem 6. April, im Jahr 1941, wurde Belgrad in Schutt und Asche gelegt, allerdings nicht durch Erdstöße aus der Tiefe, sondern von deutschen Bomben aus der Höhe.

Das alte Dubrovnik verlor bei dem Erdbeben von 1667 die Hälfte seiner Einwohner, die wohl gerade beim Frühstück gesessen waren. Das Feuer, das im Gefolge des Bebens ausgebrochen war, wütete noch zwanzig Tage lang und vernichtete, was den Erdstößen widerstanden hatte. An jüngere Erdbeben kann ich mich sogar selbst erinnern. Skopje, die Hauptstadt Mazedoniens, wurde am 26. Juli 1963 von einem Erdbeben zu fünfundsiebzig Prozent vernichtet, über tausend Menschen verloren ihr Leben, sie wurden im Schlaf erwischt, denn es geschah um fünf Uhr am Morgen. Zweihunderttausend Menschen wurden obdachlos. Über eine Länge von hundert Kilometern erwischte ein schweres Erdbeben die Küste Montenegros am 15. April 1979. Hundertundein Tote waren zu beklagen, praktisch die ganze Hotellerie vernichtet, auch das Haus »Slavija«, in dem wir einmal Ferien gemacht hatten. Nun, diese beiden

Katastrophen geschahen in unserem Jugoslawien, der Staat war stark genug, um schnell zu helfen, alles bald wiederaufzubauen. Tito weilte im April 1979 gerade in Montenegro im Bad Igalo zur Kur, fuhr trotz der Proteste seiner Adjutanten und Leibwachen und seines fortgeschrittenen Alters sofort los, um den Schaden zu besichtigen. Knapp zwei Monate danach flog er zur Gipfelkonferenz der Blockfreien nach Kuba, ein halbes Jahr später musste er sich auf seinen letzten Weg in das Klinikum in Ljubljana machen, fünf Monate danach war er tot.

Ich selbst habe nur einmal ein kleines Erdbeben in Budva erlebt, bäuchlings lag ich am Abend am Strand, um den Rücken zu sonnen, und es war, als hätte mir jemand von unten in den Bauch geboxt. Es war nur ein leichtes Beben, es gab keine Schäden. Ich kann mich nicht erinnern, wann das genau gewesen ist, wieso ich in Budva und nicht in Omiš war.

So war ich, die Löschflugzeuge beobachtend, in Gedanken von meiner Not abgeschweift. Das tat mir gut. Ich stand auf, fühlte mich jedoch so schwach, dass ich mich gleich wieder hinsetzen musste. Mich an der Tischkante anhaltend, richtete ich mich ein weiteres Mal auf, es war mir ein wenig schwindelig, aber von einem Schritt zum anderen wurde es allmählich besser und ich konnte meinen Tisch verlassen und ohne weitere Stütze losgehen. Der Vorfall hatte mir aber gehörig Angst eingejagt. Das Schlimmste kommt also nicht immer von oben als Feuer oder von unten als Beben, sondern aus unserer eigenen Mitte heraus.

Immer wieder sagte ich mir vor, jetzt darf ich nicht schwach sein. Ich muss meinen Sohn vor der Mafia retten. Also sagen wir, dazu beitragen, ihn zu retten. Das hieß zu tun, was immer Greg einfallen, was er anordnen würde. Ich hatte so meine Ahnungen. Später, wenn Petar gesund aus der Klinik herausgekommen sein würde, durfte mir übel werden, durfte ich meinetwegen sogar sterben, obwohl ich hoffte, noch zehn, zwanzig Jahre lang leben und schwimmen zu können, wenn auch mit nachlassender Leistungsfähigkeit, unweit der Küste, wie ein Hündchen planschend. Aber jetzt hatte ich gesund und stark zu bleiben, bis wir ihn aus den Klauen der Mafia befreit hatten. Die Gedanken an meinen Sohn würden mir helfen. Aber sicher! Allerdings musste ich mir als realistischer Mensch eingestehen, dass so mancher Vater in den vergangenen Kriegen, die meine Generation noch erlebt hat, gehofft hat, noch lange genug am Leben zu bleiben, bis er seinen Sohn, seine Kinder, seine Familie gerettet haben würde, und trotzdem tot hinfiel, erschossen, am Galgen hängend erstickt, erschlagen, elend verreckt, im Sterben verzweifelnd. Oder so plötzlich, dass er wenigstens keine Zeit hatte, es mitzubekommen. Plötzlich tot zu sein, ohne das Sterben zu erleben, ist ein Segen.

Greg wartete schon mit der obligaten Zigarette im Mund auf mich.

»Du siehst gar nicht gut aus«, sagte er, als ich mich ein wenig schwerfällig setzte.

»Danke, das kann ich mir gut vorstellen, ich fühle mich auch elend.«

»Soll ich dir einen Tee machen lassen?«

»Nein. Ich leg mich nachher für eine halbe Stunde hin, dann geht es wieder.«

Er zündete sich an der Kippe die nächste Zigarette an und begann:

»Wirst du …«

»Ja!«

»Du weißt ja gar nicht, was ich fragen will.«

»Doch. Ob ich etwas für dich erledigen kann, wie du angedeutet hast. Und die Antwort ist Ja, was immer es sein soll. Wen soll ich umbringen?«

Sein Lachen schien aufrichtig.

»Nun ja, Literaten und Literaturwissenschaftler haben viel Fantasie. Das gehört wohl zu ihrem Beruf. Weniger als ein Mord ist nicht interessant. Aber Berufskiller brauchen andere Qualitäten, so mancher aus dieser Branche könnte einen interessanten Vortrag für euch halten.«

»Du, zum Beispiel?«

Fast wäre er aufgebraust. Es bereitete mir Vergnügen, dass ich ihn endlich einmal ein wenig aus der Fassung gebracht hatte.

»Ich sage doch, Leute wie du haben Fantasie …« Er wollte das Gespräch in andere, ruhigere Bahnen lenken. »Was sagst du zur Feuersbrunst?«

»Mir sind gleich auch Erdbeben eingefallen. Die Natur rächt sich für menschliches Fehlverhalten … Es könnte ein Generalthema für das nächste Jahr sein, Naturkatastrophen in der Literatur angefangen mit Plinius dem Jüngeren und seiner Beschreibung des Vesuvausbruchs … Nein, angefangen mit der Bibel und der Sintflut … Wenn ich das nächste Jahr noch erlebe.«

»Das musst du!«, lachte der Mann jetzt wieder völlig entspannt. »Es ist ein Auftrag. Wir brauchen dich. Schau, jeder macht sich so seine eigenen Gedanken. Mir zum Beispiel ist dank deiner Bemerkung soeben eingefallen, dass wir gegen Feuer versichert sind, aber nicht gegen die Folgen von Naturkatastrophen wie Erdbeben. Wenn wir jetzt nachbessern wollen, ist es bestimmt teurer geworden, als es vorgestern gewesen wäre. Noch sicherer wäre es, ein eigenes Unternehmen zu gründen, das sich auf die Brandbekämpfung aus der Luft spezialisiert, mit eigenen Löschflugzeugen, davon gibt es nicht genug in Europa, das wäre eine Marktlücke.«

»Im Ernst? So viel Geld habt ihr?«

»Nein. Du solltest uns nicht überschätzen, unterschätzen allerdings auch nicht. Für solche Unternehmen gäbe es jede Menge Sicherheitsüberprüfungen, die wir nicht brauchen können, verstehst du? Na ja, wir wollen den Teufel nicht an die Wand malen. Es scheint dir wieder besser zu gehen?«

»Ja, tatsächlich ...« Die Verbesserung war mir gar nicht aufgefallen. Ich fühlte mich jetzt fast normal. »Ich habe wohl einfach ein Gespräch gebraucht, um von verschiedenen Gedanken loszukommen ...«

»Wegen deines Sohns?«

»Ja, sicher.«

»Der kommt in Ordnung. Ich erkundige mich ab und zu nach ihm. Er macht gute Fortschritte, die Chance ist groß, dass er nicht rückfällig werden wird. Dazu braucht er natürlich stabile Verhältnisse, und insofern bist auch du gefragt. Also: Gesund bleiben, okay?«

»Sir, yes Sir!«

»Fein. Du bist wieder zum Scherzen aufgelegt. Brav. Dann kann ich wohl auf unser Anliegen zurückkommen ...«

Das war wohl unvermeidbar. Ich bat ihn, loszuschießen.

Ich sollte übermorgen wie gewohnt hinaus aufs offene Meer schwimmen und vorher herumerzählen, dass ich für einen Seniorenwettkampf trainierte. Man würde für mich in einem wasserfesten Beutel eine Stärkung für unterwegs vorbereiten. Auf hoher See würde mich dann ein Segelboot erwarten, am Heck die italienische, auf dem Mast eine schwarz-gelbe Flagge. Der Skipper würde mich auf Englisch ansprechen und feststellen, dass es mir außerordentlich gut gehe, worauf ich zu antworten hätte: *mens sana in corpore sano*. Dann würde er mich bitten, ihm zu zeigen, was ich auf meiner Schwimmtour zur Stärkung mithätte. Ich würde ihm den Beutel reichen, er würde ihm etwas entnehmen, ihn mir dankend zurückgeben und wieder weitersegeln – dann könne auch ich umkehren.«

»Und das ist alles?«

»Alles!«

»Und dieses ganze vorgeschriebene Gerede ist notwendig?«

»Es ist zwar höchst unwahrscheinlich, dass unsere Leute auf jemand anderen stoßen. Schon eher ist es denkbar, dass jemand anderer dir begegnet und sich erkundigt, ob alles okay ist. Wie sagt man so schön: Vorsicht ist die Mutter der Porzellankiste.«

In letzter Zeit hatte ich mich, wie gesagt, unwohl gefühlt. Das sagt man so – aber was heißt unwohl? Ich weiß es nicht genau. Es war ein unbestimmter Druck. Keine Schmerzen, aber … Ich wusste nicht, was mit mir los war. In der Hausapotheke, die ich bisher nicht beachtet hatte, fand ich einen Blutdruckmesser, studierte die Gebrauchsanweisung, maß – hundertsiebenunddreißig zu achtundsechzig, das war recht gut, auch mein Puls war normal, ich hatte auch kein Fieber. Was sollte ich einem Arzt erzählen? Und würde der mir nicht einfach höflich zuhören, mich hinter meinem Rücken auslachen und diagnostizieren: verspätete Midlife-Crisis verschärft durch mittelstarke Hypochondrie.

Ich beschloss trotzdem, einen Arzt in der Stadt aufzusuchen:

»Könnte es eine Art von Depression sein? Soll ich Ihnen etwas verschreiben, was Ihre Stimmung aufhellt? Dann müssten Sie aber aufpassen, nicht so weit hinauszuschwimmen … Wenn das nicht hilft und diese Unruhe bleibt, kann ich Sie natürlich an die Klinik in Cetinje überweisen oder nach Belgrad, wo Ihr Hauptwohnsitz ist, die haben bessere diagnostische Möglichkeiten, Instrumente …«

Ich habe nicht mehr zugehört. Das sind ja keine Ärzte mehr, die Menschen beraten und heilen, das sind Experten für das rechte Auge oder den linken Zeigefinger, für Hirn oder Eingeweide, den Menschen, den ganzen Menschen kennt keiner mehr. Der Onkel Doktor aus meiner Kindheit – seinen Namen habe ich vergessen oder nie gewusst, er war einfach der Onkel Doktor – hat horchend, tastend, Fragen stellend und zuhörend mehr über den ganzen Organismus, ich betone den ganzen, erfahren, als die modernen Mediziner, die nur in ihre Apparate starren.

Als ich am Abend ein Hemd mit langen Ärmeln anzog, konnte ich es nur mit Mühe zuknöpfen. Dafür schienen mir die Farben des Meeres von der Terrasse aus gesehen prächtiger als je zuvor. Azurblau, perlmuttfarbene Wellen, der rote Schein der untergehenden Sonne goldzuckend auf der stillen Ebbe. Ich kann es nicht annähernd beschreiben, um meine Dankbarkeit für dieses wunderschöne Bild auszudrücken, müsste ich ein großer Dichter sein. Bin ich aber nicht, mir fehlt das Talent. Oder fromm müsste ich sein, um dem Herrn dafür zu danken. Das bin ich auch nicht, dafür bräuchte man auch kein besonderes Talent. Oder doch? Mir war es jedenfalls nicht gegeben. Nicht einmal als mich aus heiterem Himmel die Sorge um meinen Sohn so heftig zum ersten Mal traf, fiel es mir ein, zu beten. Man braucht keinen Rabbiner, um eine Anleitung dafür zu finden. In ganz Montenegro hätte es, wie ich später erfahren habe, ohnehin keinen gegeben. Als guter Jude soll man kurz vor Sonnenuntergang an das nächstbeste Wasser gehen, wenn man nicht am Ufer des Jordan, des Meeres oder eines großen Stromes stehen kann, alle Krümel und Unnötiges aus den Taschen der Kleider holen, sie in das Wasser werfen und dreimal hintereinander das Taschlichgebet sprechen: »Baruch Ata Adonai Eloheinu … Du wirst alle unsere Sünden ins Meer werfen.«

Da klopfte jemand. Um diese Tageszeit? Es war der Postbote: »Entschuldigen Sie, ein Telegramm!«

Janko Ried war gestorben. Mein Freund. Er hatte mich gelehrt, mit den Fischen zu sprechen. Zuletzt hatten wir uns nur mehr selten und immer seltener gesehen, durfte ich ihn trotzdem einen Freund nennen? Oh doch. Andere hatte ich ja nicht, nur Bekannte. Und natürlich meine Frau, meinen Sohn. Früher meine Geliebten. Kollegen, Bekannte … Händler, Kellner, Polizisten … Mafiosi. Aber Freunde? An ihn hatte ich mich gewandt, als ich mir nicht zu helfen wusste, und er hatte nachgeforscht, wie die Klinik ist, in die wir Petar geschickt haben. Janko hätte sich ehrlich gefreut, wenn ich ihm berichtet hätte, wie gut sein Rat gewesen ist.

Ich wollte nirgends mehr hingehen, am besten nur noch ins Bett, da überkam mich ganz plötzlich wieder ein Schwindelanfall. Beinahe wäre ich einfach hingefallen, im letzten Augenblick klammerte ich mich an der Tischkante fest. Wenn ich mit dem Kopf dagegen gestürzt wäre, wäre ich vielleicht gleich tot gewesen. Aller Sorgen ledig. Da würde ich liegen, bis jemand mich finden würde. Wer? Nun, Greg wahrscheinlich. Er würde meiner Milanka das entsprechende Telegramm schicken.

Die Schuhe konnte ich gerade noch abstreifen und warf mich angezogen auf das Bett. Ich durfte nicht sterben. Noch nicht, bitte noch nicht. Erst musste ich Gewissheit haben, dass mein Sohn nicht nur genesen war, sondern auch fertig studiert oder ohne Abschluss einen Job gefunden hatte, von dem er ohne mich würde leben können. Und möglichst eine Familie gegründet. Meinetwegen mit dieser En, Anette, aber lieber mit einer anderen, die weniger verrückt, normaler war. Normal war wohl, wer mir gefiel? Jedenfalls musste ich weiterleben und deshalb beschloss ich, gleich am Morgen schwimmen zu gehen. Zum Probeschwimmen. Danach könnte ich ja entscheiden, ob ich doch Fachärzte zurate ziehen sollte. Ich könnte Greg natürlich auch sagen, dass ich krank sei und so die Erfüllung seiner Aufgabe hinausschieben. Ich wusste, er würde mit den Achseln zucken, aber er und die Seinen hatten starken Einfluss auf die Entzugsklinik in Belgrad. Und eines Tages würde Pet ja entlassen werden, dann könnten sie wieder etwas mit ihm anstellen und … Zumindest ihn an die Gefangenschaft erinnern, über die ich ihn nicht ausgefragt hatte, ihm drohen … Was heißt, dass sie es könnten, sie würden! Ich musste also meine Vaterpflicht erfüllen.

Jankos Tod vergaß ich über diese Gedanken, schlief im Anzug ein und schlief gut und fest. Ich kann mich nicht erinnern, geträumt zu haben. Hatte mein Unbewusstes keine Nachricht für mich hinterlassen?

Besonders munter und ausgeschlafen war ich am nächsten Morgen trotzdem nicht. Vorsichtigen Schritts ging ich von meiner Dienstvilla zum Hotel, in dem ich zu frühstücken gewohnt war, nicht viel mehr als hundert Schritte, aber für mich in diesem Zustand eine anspruchsvolle Wanderung. Ich bestellte starken Kaffee, meine Portion Toast, Butter, Ei und Schinken. Ich aß brav, obwohl ich keinen Appetit hatte. An den Strand ging ich ein wenig wankend, das am Morgen noch kühle Wasser würde mich auffrischen. Es musste mir helfen. Also los, Richtung Horizont.

Anfangs fielen mir meine gewohnten Tempi schwer, die Muskeln wollten nicht so recht, leichte Schmerzen im Rücken machten sich bemerkbar, aber allmählich kam ich in Schwung. Einfach nicht nachgrübeln, wie es mir geht, sondern schwimmen, schwimmen, schwimmen durch den Tag, durch die Nacht, durch den Tag … Na gut, dass ich kein Rilke bin, habe ich bereits angemerkt, zitieren ist jedoch erlaubt, von Wissenschaftlern wird es erwartet, also ja, schwimmen, schwimmen, schwimmen durch diesen strahlenden Morgen an der Adria, an den nassen Haaren gestreichelt vom angenehmen leichten Wind, und da sprang plötzlich ganz nahe neben mir ein Delfin aus dem Wasser.

Ich erschrak nicht. Im Gegenteil, freudig verstand ich sein Auf- und Abtauchen als Morgengruß und antwortete:

»Lieb von dir, dass du mich begrüßt, so nahe ans Ufer gekommen bist, um mich aufzumuntern.«

Ich fühlte mich gleich besser, als hätte er eine Last von meinen Schultern genommen. Warum hatte ich gedacht, ich hätte keine Freunde? Unter den Menschen nach Jankos Tod vielleicht nicht mehr, aber die Tümmler, die waren doch echte Freunde.

»Und jetzt bist du doch weg!«, musste ich feststellen. Ich drehte mich auf den Rücken, weit draußen, weit weg vom Ufer, vom Strand, da durchfuhr plötzlich ein heftiger Schmerz meinen Rücken, die Schultern, die Oberarme brannten – es fiel mir immer schwerer, meine eigenen Schmerzen zu beschreiben –, ich konnte meine Glieder kaum bewegen, aber ich musste ja noch zurück. Trotzdem stellte ich, auf dem Rücken liegend, fest, dass ich mich, von diesem Augenblick der Hilflosigkeit abgesehen, wohlfühlte. Gut. Das war die erste Probe. Gregs Auftrag würde ich erfüllen, weil ich es musste.

Keine Ahnung, wie lange ich mich so treiben hatte lassen, als mich Motorengeräusch aufschreckte. Den Kopf konnte ich bewegen, ja, meinen Körper auch. War jetzt alles wieder gut? Das Boot der Küstenwache hielt neben mir, ein Polizist fragte:

»Geht es Ihnen gut, Herr Professor?« Mich kannte hier jeder. »Sie sind sehr weit draußen.«

»Ja, ja. Danke. Habe mich nur kurz ausgeruht, alles in bester Ordnung …«

Seine Miene blieb besorgt. Diese Leute sind mitunter ganz gute Psychologen. Ich versuchte, ruhig zu sprechen, die soeben überstandene Todesangst zu verbergen.

»Ich werde jetzt langsam zurückschwimmen.«

»Wenn Sie wollen, könnten wir Sie jetzt zum Hafen bringen?«

»Danke, sehr nett, aber nein …«, und dann sagte etwas plötzlich mit meiner Stimme, ohne dass es ein Teil meines Willens gewollt hätte: »Oder doch. Ja bitte.«

Man hob mich ins Boot.

Es war ja nur eine Probe gewesen. Wie war sie ausgegangen? Gut, ich hatte es ja ziemlich weit hinausgeschafft? Nein, keineswegs gut, jämmerlich, weil mich der Schmerz gelähmt, fast umgebracht hatte. Ich hatte Sorge, ob ich es am Hafen überhaupt ohne Hilfe auf die Hotelterrasse schaffen würde, aber es gelang mir fast normal. Ein wenig schwankend. So etwas konnte ja vorkommen, wenn man lange im Wasser gewesen ist, der bloße Kopf den Sonnenstrahlen gegen Mittag ausgesetzt. Und jung war man auch nicht mehr. Leider … Ich war so sehr mit mir selbst, mit meinem Zustand beschäftigt, dass ich vergaß, dem Polizisten noch einmal zu danken.

Greg würde bestimmt von dem Vorfall erfahren. Würde er dann von seinem Auftrag absehen? Und in diesem Fall seine schützende Hand meinem Sohn entziehen? Das glaubte ich kaum. Was kümmerte ihn mein Leben, solange er hoffen konnte, dass ich seine Wünsche erfüllen würde.

Der Schatten tat mir gut. Ich hätte Limonade bestellen sollen, ließ mir jedoch ein Glas gut gekühlten Rosé bringen und überlegte, etwas Leichtes zu mir zu nehmen, Fisch vielleicht. Ich bestellte jedoch ein Steak auf dalmatinische Art, mit viel Knoblauch. Knoblauch soll ja auch besonders gesund sein. Küssen würde ich ohnehin niemanden. Niemanden mehr im Leben oder nur jetzt gerade nicht? Leider gar nicht. Leider nicht nur jetzt … Leider, leider, leider, zu oft sagte ich zu mir leider – war ich wehleidig geworden? Das Essen und der Wein bekamen mir jedenfalls gut, ich schlief wieder eine Nacht ruhig durch.

Am nächsten Morgen herrschte Windstille. Segler wären unglücklich gewesen, der Wellengang war jetzt so ruhig, beruhigend. Mir war nur leicht schwindlig.

Greg kam zum Kaffee. Das hatte ich eigentlich erwartet.

»Geht es dir auch gut?«

»Hat der Onkel Doktor gepetzt? Oder die Polizei?«

»So etwas spricht sich in unserem kleinen Nest herum. Also?«

»Was heißt also?«

»Bist du bereit?«

»Ich bin, spricht jener, zum Sterben bereit und bitte nicht um mein Leben …«, rezitierte ich.

»Was soll das jetzt heißen?«

»Ein Zitat aus einer Ballade von Friedrich Schiller.«

»Wir sind jetzt nicht auf einem Seminar«, sagte er genervt. »Komm zurück ins Leben!«

Richtig. Das Leben war die Mafia. Ich durfte den Mann nicht reizen.

»Entschuldige. Mir geht es heute wieder ganz gut. Ja, ich kann hinausschwimmen, wenn du willst.«

»Fein. Nutzen wir die heutige Windstille.«

Ich sah zum Himmel hinauf. Hübsche, kleine weiße Wolken zogen über das blank geputzte Blau. Der dumme Vergleich mit Schäfchen fiel mir ein, er passte jedoch. Wir vereinbarten, ich würde nach der Siesta losschwimmen, wie ich es auch sonst oft tat.

Mittags aß ich nur etwas Fisch und trank ein einziges Glas Wein, dachte dabei zu viel über meine Gesundheit nach, was gesunden Menschen nie einfiele, aber alles in mir blieb ruhig.

Ein Kellner gab mir den zugeschnürten wasserfesten Beutel, Greg nickte aufmunternd von einem Nachbartisch.

Ein wenig zögernd stieg ich ins Meer. Es war freundlich zu mir. Eine leichte Brise war aufgekommen, selten ist der Mistral so schwach, für Schwimmer so angenehm. Um mich herum tummelten sich Badende, kreischende Kinder. Logisch, dass einer wie ich weiter hinausschwamm, bald war ich den Rummel los. Und es war angenehm. Es war wie früher. Fast wie früher. Zumindest waren da keine Schmerzen, keine Müdigkeit.

»Da bist du ja!«, rief ich erfreut.

Ein Delfin war in der Nähe aus dem Wasser gesprungen. Und noch einer. Drei waren es.

»Du hast Gesellschaft«, rief ich, als wüssten die Tiere, welches von ihnen ich konkret meinte. »Nett ist das. Weißt du, ich habe heute sogar einen Auftrag, tummle mich nicht nur zum Vergnügen herum. Ich mag meinen Auftraggeber nicht, aber wir Menschen haben es nicht so leicht wie ihr. Ihr habt oft Hunger, sagst du? Die Meere sind leergefischt? Viele Menschen sind auch oft hungrig. Man kann sich als Delfin in Netze verwickeln und ersticken? Bildlich gesagt kann ein Mensch das auch. Oh, ja! Du sagst, ein Hai müsste man sein? Stimmt, ein Mafioso!«

Bald tauchte ein schönes Boot auf, es fuhr mit Motor und gerafften Segeln, kam ganz nahe an mich heran. Zwei hübsche dunkelhaarige Kerle und eine blonde junge Frau. Einer der Jungen blickte sich um, wollte sich wohl vergewissern, dass niemand in der Nähe war, der andere beugte sich zu mir und wir sagten unsere Sprüchlein auf wie von Greg aufgetragen. Er nahm ein Paket aus meinem Beutel, nickte freundlich und gab mir den Beutel zurück. Ich dachte, dieses Mädchen habe ich doch schon einmal gesehen als Gregs »Puppe«, aber vielleicht haben diese langbeinigen Blondinen alle die gleichen Gesichter. Dann setzten die Segler ihr Tuch und verschwanden Richtung Nordost.

In einer Novelle von Professor Freuds Freund Arthur Schnitzler träumt ein Fräulein Else von gelben Segeln, bevor sie stirbt. Sie befindet sich in San Marino di Castrozza, einem Kurort. Eine Art Kurort würde auch die Hotelanlage werden, die angeblich für den Bedarf unserer Sommerakademie gebaut werden sollte, eine Art Kurortgesellschaft gab es bereits jetzt in den Bungalows und Villen. Wir sollten Wissen verzapfen, um Kurgäste anzulocken. Bei Fräulein Else ist von viel Geld und Haschisch die Rede. Auch von Todessehnsucht. Bei mir zurzeit ja auch. Ob in meinem Beutel Haschisch war, eine andere Droge oder Wasweißichwas, war egal. Dass es um viel Geld ging auch. Todessehnsucht? Suizidgedanken habe ich bei mir schon sehr früh analysiert. Die kenne ich gut. War mein Abenteuer von Schnitzler erfunden, gab es mich in Wirklichkeit nicht? Was ist schon für wen, wann und wo die wirkliche Wirklichkeit?

Segel und Segeln in Literatur und Psychoanalyse könnten auch ein Thema für unsere Akademie sein, was bedeutet es, wenn man im Traum segelt, von bösen Stürmen gejagt wird, ertrinkt und tot aufwacht? Ich könnte einen bedeutenden Psychoanalytiker einladen. Die existenziellen Sorgen, die mich real bedrückten, hielten mein Nachdenken über literarische Themen nicht auf. Ja, mein Herr, Sie sind ein Dichter, sagt der Specht achselzuckend zu Nietzsche in einem seiner frühen Gedichte. Wenn ich mich an mich selber wenden wollte, mit dem »Ja, mein Herr Kukanić, Sie sind …« – wie würde ich fortfahren? »Sie sind ein langweiliger Pauker, dem nichts Gescheites einfällt?«

Richtig müde wurde ich auf dem Rückweg zum Strand

nicht, diese Gedanken über künftige, sinnvolle, mir naheliegende Pläne wirkten aufmunternd, auch wenn ich sie gleich skeptisch hinterfragte. Als ich mich am Ufer aufstemmte, war mir zwar wieder leicht schwindelig, aber das war nicht mehr so beunruhigend wie beim ersten Mal.

Die Pflichtübung war nicht anstrengend gewesen. Was hatte ich geschmuggelt? War das die erste Straftat in meinem Leben gewesen, mein erstes Verbrechen? Wie hoch wäre die Strafe dafür? Könnte ich mich vor einem Gericht damit herausreden, dass ich nicht wusste, was im Beutel war? Worum es ging? Ich wusste es ja tatsächlich nicht.

Abgetrocknet und angezogen setzte ich mich zu Greg, der einen Schnaps vor sich stehen hatte, wollte gerade berichten, da brachte ein Kellner ein Telefon:

»Entschuldigung, Anruf für Sie.«

Er hob Verzeihung heischend die Hand, hörte ziemlich lange wortlos und sagte: »Va bene con me …«, legte den Hörer auf und wandte sich zu mir: »Siehst du? Es war doch gar nicht schlimm? Hat gar nicht wehgetan …«

»Ja, es ist alles einfach und in Ordnung gewesen. Habe ich es jetzt vollbracht?«

»Vollbracht? Was für eine Wortwahl! Um Himmels willen nein. Das war ja nur die erste Probe. Wie geht es dir?«

»Leidlich …«

»Das freut mich. Morgen muss ich dich aber noch einmal um das Gleiche bitten. Du sagst ja, es war okay. Die Meteorologen behaupten, morgen hält das Wetter noch, aber dann wird es für einige Zeit schlimm. Wir müssen die Gelegenheit nutzen. Heute war es zur Probe eine kleine Menge, morgen gibt es mehr, aber du wirst am Gewicht des Beutels keinen Unterschied merken …«

Er sagte, es sei um eine kleine Menge gegangen, nicht eine

Menge wovon. Wäre es besser gewesen, mehr zu wissen, oder noch schlimmer? Im Grunde war ja trotzdem alles klar, dass es klarer nicht sein konnte.

»Also, Greg! Worum geht es hier?«

»Warum soll ich es dir nicht sagen, du steckst jetzt ohnehin schon zu tief drin, du kannst deinen Kopf nicht mehr retten. Es ginge ja auch um deinen Sohn. Wenn ich hier auffliegen würde, wäre das nicht so wichtig, ich bin auch nur ein kleiner Fisch. Es sind völlig neuartige synthetische Drogen in Tablettenform. Eine Sendung von einem Kilogramm bringt uns einen Gewinn von fünfzigtausend Mark. Das wird im ersten Jahr im Vergleich zum Aufwand wenig sein, aber wir werden das weiterentwickeln, denn dann haben wir in einem ruhigen europäischen Land einen sicheren Stützpunkt. Natürlich werden wir die Belieferung der Kurierboote dann auch auf einfacherem Weg lösen. Ich will dich nicht mit Details belasten, du verstehst es ja ohnehin nicht ...«

Spät am Abend rief ich in Belgrad an, Milanka klang gut gelaunt, sagte, sie habe sich gerade selber melden wollen, sie habe mit Petar gesprochen, er sei in bester Stimmung, auch mit dem Chefarzt habe sie reden können, der gemeint habe, unser Sohn mache überraschend gute Fortschritte, das Konsilium würde nächste Woche entscheiden, ob man ihn entlassen könne.

In meiner Kredenz in der Villa gab es einen guten Cognac und ich trank ein wenig über den Durst.

Träumte ich in der folgenden Nacht? Ich kann mich nicht erinnern. Das gute Gespräch mit meiner Frau war kein Traum, Gott behüte. Ich schlief jedenfalls nicht gut, wahrscheinlich, weil ich so viel Alkohol nicht gewohnt war. Noch ein solcher Ausflug, dann war schlechtes Wetter angekündigt und ich würde tagelang Ruhe haben. Für die Umwelt bedeutete es Unruhe,

Unwetter, vielleicht Sturm, aber für mich keine seltsamen, gefährlichen Aufträge. Also einmal noch. Dann würde ich nach Belgrad fahren, vielleicht ließ ich mich in der Universitätsklinik gründlich durchchecken, ich würde sicher Petar besuchen dürfen, möglicherweise würde man ihn aus der Entzugsklinik entlassen. Ich würde aufpassen müssen, wie ich mit ihm redete, was er mir erzählen wollte, würde er zu entscheiden haben. Würde er von selbst auf seine Zukunftspläne zu sprechen kommen? Ich musste darauf achten, nicht zu predigen, musste nur beweisen, dass ich für ihn da war. Wenn mit ihm alles in Ordnung war, würde ich jede Verbindung zu Greg abbrechen. Kündigen. Sollten die sich einen anderen für die Akademie suchen. Für eine Villa am Strand für zwei Monate Programmorganisation würde es nicht schwer sein, einen guten Ersatz zu finden. Der würde allerdings kaum der Mafia für Bodendienste zur Verfügung stehen wollen. Oder doch? Naiv sein oder sich naiv stellen, nichts verstehen und mitspielen? Ja, aber dieser jemand musste schwimmen können.

Wie zum Teufel war ich nur in diese verfluchte Geschichte hineingeraten? Das war jetzt egal. Es war wie beim Zahnziehen, es musste zu Ende gebracht werden, was sein muss, muss sein.

Als ich aufstand, wurde mir schwarz vor den Augen. Buchstäblich. Die Redewendung hatte ich oft gehört, aber widerfahren war es mir noch nie. Ich musste mich wieder aufs Bett setzen. Mich langsam aufrappeln? Ja, so ging es. Schritt für Schritt, alter Mann. Alter Jude! Pfui … Im Wasser würde alles wieder gut sein. Hoffentlich.

In der so früh am Morgen noch freundlichen Sonne ging es mir tatsächlich wieder ganz gut. Es war noch morgendlich kühl. Ham and Eggs, bitte, Toast, Tee, frischgepressten Orangensaft. Nein, Türkischen vielleicht später.

Die See lag still, die Ebbe kaum bemerkbar. Der Unterschied der Gezeiten ist hier gering. Die Wasserfläche, die man fast spiegelglatt nennen konnte, wenn es nicht so kitschig wäre, in tieferem Blau, das, je weiter der Blick den Horizont absuchte, immer grünlicher wurde. Da hineinzugehen, würde gut sein. Auch ohne besonderen Auftrag würde ich jetzt weit hinaus schwimmen. Und was war mit dem Sturm? Wenn sich die Wetterfritzen geirrt hatten?

Greg setzte sich zu mir. Ja, jetzt konnte der Kaffee kommen. Nein, ich nehme keinen Kräuterschnaps, aber, bitte, lass dich nicht abhalten.

»Das fiele mir nicht im Traum ein. Schau, da bringt unser Freund schon deinen Beutel mit der Jause.«

Ich versicherte mich, als der Kellner verschwunden war: »Also, wie gehabt?«

»Ja.«

»Die gleichen Leute, das gleiche Boot?«

»Ja, ja. Ist doch ganz einfach.«

»Ja.«

»Ich begleite dich nicht zum Wasser. Das würde auffallen. Aber ich beobachte dich von heroben, und wenn du im Wasser bist, lasse ich sie das per Funk wissen.«

Es wäre eigenartig gewesen, jetzt einen Gruß zu wechseln.

»Ich will jetzt ins Wasser …«

»Mach's gut.«

Wenn man darauf achtet, dass man normal geht, die Schritte normal setzt, geht man natürlich nicht normal. Musste ich mich von jetzt an daran gewöhnen, alles vorsichtig, sozusagen bewusst zu machen? Jeden Schritt als bewusste Tat setzen? Nichts unwillkürlich? Wenn einem plötzlich einfällt, dass man als Mensch atmen muss, wird das Atmen eine bewusste, mühsame Tätigkeit. Das vergisst man wieder. Der Körper atmet von selbst. Normal ist, wenn man aufsteht und geht und nicht überlegt, ob einem schwindelig werden wird, wenn man geht. Losgeht. Sich auf den Weg macht. Warum ich nur immer grübeln muss, Worte und Sätze abwägen, obwohl ich sie nicht aussprechen werde, denn im Augenblick ist keiner da, dem ich etwas zu sagen habe. Oder dem ich etwas sage, ohne dass es einen Sinn hat. Was ist wahr, was wahrhaftig?

Endlich schwimmen. Der Horizont rief. Irgendwo mussten Himmel und Meer aufeinandertreffen, dort, wo diese Trennlinie zwischen hellem Blau und dunklerem Grünblau war. Ein Ort wie das Ende des Regenbogens, wo so viele Schätze versteckt sind, ein Ort, von dem man als Kind glaubt, man könne ihn eines Tages finden, wenn man groß geworden ist.

Schon lange hatte ich keinen schönen Regenbogen gesehen. Nie hatte ich mit Pet über Regenbögen gesprochen, nie gemeinsam mit ihm einen bewundert. Das sollten wir nachholen. Habe ich es als Kind mit meinem Vater erlebt? Ich kann mich nicht erinnern. Wer hat mir überhaupt erklärt, was ein Regenbogen ist?

Ruhige, langsame Tempi. Keine Delfine in Sicht.

Hatte ein leichter, ganz leichter, aber doch stärkerer Wellengang als noch eben eingesetzt? Ich liebe unter normalen Umständen große, nur nicht zu wild sich überschlagende Wogen, wenn man hinauf- und wieder hinunterschwimmen kann. Meine Sorge rührte vermutlich einfach daher, dass ich bereits weiter draußen auf dem offenen Meer war. War der Strich des Horizonts eine Nuance dunkler geworden? Bildete ich mir das alles ein? Wo war das Boot, das den Inhalt des Beutels abholen sollte? Ich konnte es nicht suchen, sie waren es, die mich finden mussten.

Ich hatte keine Uhr mit, keinen Kompass, ich hätte beides im Beutel mitnehmen können, aber ich habe mich stets auf mein Zeitgefühl und meine Orientierung verlassen. Verlassen können. Jetzt schien mir, die Begegnung mit dem Boot hätte eigentlich längst stattfinden sollen.

Weiterhin waren keine Delfine in Sicht.

Aber das Boot würde auftauchen. Ich war müde geworden, würde langsam umkehren müssen. Ich legte mich auf den Rücken. Ja, tatsächlich, das Meer bewegte sich etwas heftiger als eben noch. Da irrte ich mich nicht. Der Himmel war sicher dunkler als zuvor und in der Ferne, im Süden begrenzte eine graue Linie den Horizont, war der nicht heller gewesen? Wurde er tatsächlich immer dunkler, oder verdunkelte sich etwas in mir? Immer finsterer auch mein Gemüt. Das war nicht gut, das war gar nicht gut. Ja, richtig müde war ich. Ich würde jetzt einfach umkehren. Mich noch ein wenig auf dem Rücken liegend ausruhen und dann nichts wie zurück. Sollte sich Greg ärgern, es war nicht meine Schuld, dass seine Freunde mich nicht fanden.

Die Farben des Meeres, die sich silbrig verdunkelten, die waren schön wie noch nie. So hatte ich sie noch nie gesehen.

Waren das dort Delfine? Weit weg? Wieso sprangen sie nicht aus dem Wasser, tummelten sich nicht, wie es sich für Tümmler gehört? Waren sie heute nicht spielbereit? Ein seltsamer Tag war das.

Sie schwammen auf mich zu. Dann würde ich wenigstens ein wenig mit ihnen reden können. Irrte ich mich oder waren das die berüchtigten schwarzen Dreiecke, die da auf mich zukamen? Meine Frau hatte sich immer vor ihnen gefürchtet. Haie. In der Adria gibt es viele Haifischarten. Die meisten greifen Menschen nicht an. Die meisten nicht, aber einige schon. Es heißt, man solle nicht versuchen, vor diesen Tieren davonzuschwimmen, sie sind schneller als der Mensch, man solle abwarten und wenn sie zu nahe kommen ihnen so stark wie möglich auf die Schnauze schlagen, das sei ihre empfindlichste Stelle, es füge ihnen große Schmerzen zu und vertreibe sie.

Wenn mir also einer zu nahe kommt … Ich könnte es ja versuchen. Es würde mir ohnehin nichts anderes übrig bleiben. Aber wenn gleichzeitig mehrere von verschiedenen Seiten bissen? In Filmen hat man so etwas schon gesehen.

Ich fragte mich, ob man mit Haifischen reden konnte wie mit Delfinen. Warum eigentlich nicht?

Die Schlagzeilen der Tageszeitungen am nächsten Tag betrafen die Schäden, die der Sturm angerichtet hatte, der über die Küste gefegt war, und die Aushebung eines Stützpunkts einer italienischen kriminellen Organisation nahe Budva. Es hatte einige Verhaftungen gegeben. Die Kulturredaktionen meldeten, dass der bekannte serbische Sprachwissenschaftler und ausgewiesene Kenner der alten serbischen Sprache, Professor Aaron Kukanić ertrunken sei, er hatte womöglich badend einen Herzinfarkt erlitten, die Obduktion würde Genaueres ergeben.

Bevor ich gestorben bin, habe ich mit dem Hai ein angenehmes Gespräch geführt. Als er schon so nah, so furchtbar nah war und sein Maul mit den filmreifen Zähnen aufgerissen hatte, wagte ich nicht, auf ihn einzuschlagen, eventuell mit dem Beutel, ich hätte auch nicht gewusst wie, denn vor mir bleckten ja Zähne, keine weiche Nase, also versuchte ich einzulenken, Zeit zu gewinnen:

»Muss ich Sie im Unterschied zu meinen Freunden, den Delfinen, mit Herr anreden, Herr Haifisch, gar Exzellenz, oder doch darf ich Sie duzen, weil wir ja beide Säugetiere sind?«

»Dummkopf! Und so was will Professor sein. Ich bin kein Säugetier wie deine Delfine. Ich bin ein richtiger Fisch!«

»Entschuldigung, aber Gottes Geschöpfe sind wir doch beide.«

»Nicht desselben Gottes! Deiner hat ja nie seinen Namen nennen wollen. Ich bin der ich bin, hat er auf Fragen geantwortet. Meiner heißt Neptun.«

»Bist du sicher? Nicht vielleicht Poseidon? Oder sind das zwei verschiedene Götter?«

Stutzte er? In der griechischen Mythologie schien er nicht bewandert zu sein, obwohl seinesgleichen ja weit herumkommt und in den unterschiedlichsten Meeren herumschwimmt. Oder überlegte er nur, ob man mich fressen könne? Wie ich schmeckte? Zum Fressen gern haben ist eine Metapher für große Sympathie. Ich fasste es als Zustimmung auf und fuhr fort:

»Wirbeltiere sind wir aber doch alle beide. Also, was ich schon immer wissen wollte, ist es wahr, dass Haifische niemals schlafen?«

Da wusste er nicht, was er antworten sollte, er wollte seine Verwirrung nicht zugeben, also biss er mich tot, er war ja der weitaus Stärkere.

Die Sekretärin der Sommerakademie schickte an alle bisherigen Teilnehmer Telegramme, Herr Professor Kukanić sei verstorben, für dieses Jahr müsse leider die bereits angesagte Konferenz abgesagt werden. Den Plan für das nächste Jahr würde man rechtzeitig bekannt geben. Man hörte aber nie wieder etwas von dieser Akademie.

Der Bürgermeister und der Polizeipräsident von Budva berieten lange mit dem Innenminister Montenegros und dem Geheimdienst. Die Leiche des Aaron Kukanić war vom Sturm nicht weit weggetragen worden, sie war nicht untergegangen, sondern lag auf dem Rücken im Wasser, als schliefe er. In dem Beutel, den er bei sich trug, wurde ein halbes Kilogramm synthetisches Rauschgift gefunden, Wert hierzulande etwa achteinhalbtausend D-Mark, in Italien sicher viel mehr. Man würde die dortigen Behörden konsultieren, aber eigentlich war es eine Bagatelle. Die in einem Schnellboot auf offenem Meer aufgegriffenen verdächtigen Männer waren polizeibekannt, sie hatten Waffen bei sich getragen und verraten, dass der Professor ihnen heiße Ware hätte bringen sollen. Soviel sie wüssten, sei es der Beginn einer größeren Aktion gewesen. Sie waren geständig, um sich als unwichtige Nebenpersonen darzustellen und mit einer kleineren Strafe davonzukommen.

Man beschloss, den Skandal zu vertuschen, es wäre auch für den Ruf der Stadt, für den Fremdenverkehr schädlich gewesen zuzugeben, dass hier ein bekannter Wissenschaftler in Drogengeschäfte verwickelt gewesen war, also beschränkte man sich darauf mitzuteilen, der Herr Professor sei wegen eines Herzinfarkts nicht mehr rechtzeitig ans Ufer gekommen und deshalb verstorben. Man habe gewusst, dass er ein sehr guter Schwimmer gewesen war, der oft gerne weit hinaus geschwommen sei.

In Belgrad ging Frau Milanka Kukanić zum Oberrabbiner. Ihr Gatte habe sich zwar ihrer Familie zuliebe taufen lassen, es sei für ihn aber eine Formalität gewesen, nie hatte er einen christlichen Gottesdienst besucht, habe sich stets als Jude bezeichnet, ein Begräbnis nach orthodoxem Ritus würde sicher nicht in seinem Sinne sein … Der Rabbi unterbrach sie, kein Problem, man würde ihn mit allen Ehren auf dem jüdischen Friedhof bestatten, und nannte den ziemlich hohen Preis, der auch das Honorar für die zehn erwachsenen Juden umfasste, die für das Ritual gebraucht wurden. Petar erklärte sich bereit, den Kaddisch zu sprechen, er lernte das hebräische Gebet auswendig, obwohl im angeboten worden war, er könne es auch vorlesen. Den Kaddisch kann jeder erwachsene Mann sprechen, er muss kein Jude sein. Einige Kollegen kamen, auch ein Vertreter des Anglervereins, der einige kleine Steine mitbrachte, der Herr Professor habe manchmal geangelt. Er legte sie auf das Grab, wie es sich bei jüdischen Gräbern geziemt.

Die Stadt Budva organisierte einen feierlichen Abschied, zu dem die Familie, die Witwe und der Sohn, von dem es hieß, er sei wegen Drogenkonsums in einer Anstalt gewesen, auf Kosten der Stadt eingeladen wurde.

Milanka verhielt sich, wie man es von ihr erwartete: Sie erschien im schwarzen Kleid mit schwarzem Kopftuch, war tapfer, ließ sich die Hand schütteln und hörte sich die Beileidsbekundungen mit hartem, verweintem Gesicht an. Petar, im schwarzen Anzug mit schwarzer Krawatte, sehr mager, sehr blass, verabschiedete sich von seinem »wunderbaren Vater«, dem er ein schönes Leben als Kind und Heranwachsender, zum Teil an der Adriatischen Küste, zu verdanken habe.

Petar hatte nach dem erfolgreichen Entzug eine Stelle bei einem Belgrader IT-Unternehmen bekommen. Das hatte noch der inzwischen verstorbene Professor Ried eingeleitet. Nun, da der serbische Zweig der Mafia, die ihn in den Händen gehabt hatte, zerschlagen war, fühlte er sich wieder frei.

Reden hielten auch der Bürgermeister von Budva und der Inhaber des Lehrstuhls für Linguistik der Universität Podgorica.

Danach konnte man zur Tagesordnung übergehen.

Harte Regentropfen wecken mich noch einmal auf. Ich könnte nicht sagen, ob ich die Haifische geträumt habe. Nein, habe ich nicht, ich wurde ja totgebissen, aber das Gespräch vorher mit einem Hai? Bin ich inzwischen gestorben? Ein alter Jude mitten im Meer? Das bin ich nicht, ich bin kein braver Jude, natürlich erst recht kein braver serbischer Christ, alt allerdings schon. Wäre es nicht gut, wenigstens eines von beiden gewesen zu sein? Dass es einen Sinn gehabt hätte, glaube ich nicht, nicht einmal als Toter. Es tut so weh, aber wenn man tot ist, spürt man nichts mehr. Oder doch? Ist der Tod ein ewiger Schmerz? Mein Weltbild ruht auf einer naturwissenschaftlichen Grundlage, ich glaube an kein Jenseits. Zumindest bisher. Man sagt, vor dem Tod verändere man sich. Gehe in sich ein. Man sagt auch, kurz vor dem Tod husche man noch einmal durch sein ganzes Leben. Das ist mir nicht passiert. Bisher. Würde ich das überhaupt wollen? Ja, ja! Man klammert sich an das Leben. Kann man einfach loslassen? So nennt man das doch. Ich bin, so sagt er, zum Sterben bereit, heißt es bei Schiller, aber dann geht es weiter, dann bittet der zum Sterben Bereite noch einmal um Gnade, die ihm gewährt wird. Ja, ich bitte um Gnade. Zumindest, bis ich erfahre, dass mein Sohn die Krankheit, sein Drogenproblem, wirklich überwunden hat, es gibt ja so oft Rückfälle, erst wenn man mindestens drei Jahre lang clean geblieben ist, kann man wirklich von Heilung sprechen. So lange würde er mich noch brauchen. Ich sterbe für ihn, hätte ich mich mit diesem Greg eingelassen, wenn nicht für ihn? Eine gute Ausrede. Nein, gut ist diese dumme Ausrede nicht. Eine Ausflucht findet man immer. Wenn ich mich auf sein mildes Schicksal verlassen könnte, würde ich einen anderen Grund finden, um zu versuchen weiterzuleben, zumindest um weitervegetieren zu dürfen.

Milanka wird sich ohne mich ohne Weiteres zurechtfinden. Wir haben uns schon längst auseinandergelebt. Haben wir je so richtig zusammengelebt als ein Herz und eine Seele? Oder kommt das ohnehin nur in Operetten vor? Was meine Familie angeht, brauche ich mir keine Sorgen zu machen, die besteht aus Frau und Sohn und sonst niemandem. Ich lüge mir immer noch zu viel vor, viel zu viel. Die Sicherheit meines Sohnes ist mein Alles und Milanka ist seine Mutter.

Was rede ich vor mich hin? Geht es mir darum, Zeit zu gewinnen? Soll man mich noch aus dem Meer fischen? Den alten Juden? Wieso kommt mir jetzt das Judesein wieder in den Sinn, obwohl ich das ein Leben lang vernachlässigt habe? Ich bin doch gestorben, oder nicht?

Und dann traf mich blitzartig der Schmerz und ich wusste, dass ich lebte, noch lebte, aber diesen Schmerz nicht mehr aushalten konnte. Ich wusste, wo ich war, im Meer, das ich so liebte und das mich jetzt zu hassen schien, mitten im aufziehenden Sturm, ich hatte keine Kraft mehr zu wissen, zumindest zu hoffen, dass es meinem Sohn jetzt gut gehen würde, gut ging, aber das alles war verdrängt und mich beherrschte der Schmerz, mein ganzer Körper war ein einziger Schmerz, der schubartig stärker wurde, nur etwas nachließ, um mich dann noch schlimmer zu treffen. Ich versuchte, die Sekunden zwischen diesen Blitzen zu zählen, hatte aber nicht die Kraft, weiter als bis drei oder vier zu zählen, dann war da nur noch blankes Entsetzen. Ich hatte gedacht, so alt und gebrechlich ich werde, denken würde ich immer können, meine Fantasie spielen lassen. Mochte auch alles sinnlos sein, entrückt, senil, verrückt, ich würde denkend da sein. Da war ich noch, aber Gedanken gab es keine mehr, nur mehr Schmerz. Ich spreche von Vergangenheit? Ja, sonst könnte ich nichts sagen, damals nicht. Aber dann war es auf einmal vorbei. Vorbei, ich war kein Bündel, das nur noch aus einem Klumpen Elend bestand, sondern ein Körper, ein Organismus im Wasser und ein Gedanke war da: Jetzt nicht mehr sein, damit das, was soeben noch gewesen war, nicht wiederkehrt. Flucht. Fliehen vor dem Schmerz. Irgendwo hatte ich gelesen, dass vor dem Tod alle Schmerzen aufhören. Dann war das jetzt kurz vor dem Tod. Nicht irgendeinem Tod, meinem Tod.

Es ist ein Jammer, dass dieser Leib, der ich war, in dem ich gewesen bin, meine Hülle, jetzt nicht im Meer untergehen kann, auf keine Weise kann ich mich umbringen, eintauchen, bis die Lungen platzen. Unter das Wasser geraten kann ich nicht, aber aufsteigen in das Weltall. Da gehöre ich doch hin. Da gehören wir alle hin, Amen. Kaum rühren kann ich mich, nur das Ende herbeisehnen. Es soll nur schnell gehen, bitte, schnell. Fertig. Nichts berührt mich mehr. Nichts tun kann ich, keine Sorgen drücken mich. Nicht einmal Petar kann ich helfen. Hoffen für ihn. Auch diese Hoffnung wird nicht mehr sein.

Meine letzte Erfahrung war, dass unmittelbar vor seinem Ende jedermann gerne sterben möchte.

Wie würde der Talmud mein Aus-dem-Leben-Scheiden beurteilen? Ist es meine Schuld, wie, wann und wo ich gestorben bin? Das hätte ich im letzten Augenblick zu gerne gewusst.

Weitere Werke Ivan Ivanjis im Picus Verlag

Schattenspringen. Roman (1993)
Die andere Seite der Ewigkeit. Erzählungen über den Tod (1994)
Ein ungarischer Herbst. Roman (1995)
Barbarossas Jude. Roman (1996)
Das Kinderfräulein. Roman (1998)
Der Aschenmensch von Buchenwald. Roman (1999)
Die Tänzerin und der Krieg. Roman (2002)
Geister aus einer kleinen Stadt. Roman (2008)
Buchstaben von Feuer. Roman (2011)
Mein schönes Leben in der Hölle. Roman (2014)
Schlussstrich. Roman (2017)
Tod in Monte Carlo. Roman (2018)
Hineni. Roman (2019)
Corona in Buchenwald. Roman (2021)